GOBOOKS
& SITAK
GROUP©

GOBOOKS
& SITAK
GROUP©

三日月書版

三日月書版

5
聲
聲
Pray it out
YY的劣跡
illust 瑞讀
三日月書版
輕世代 BL072

KEEP OU
THE PRAYER
Vocalist
Yan Huan
Guitarist
Fu Sheng
Drummer
Xiang Kuan
Bassist
Yang Guang

The Prayer Full Album

PRAY IT OUT

The Prayer Full Album
PRAY IT OUT!! Vol. 5 Playlist

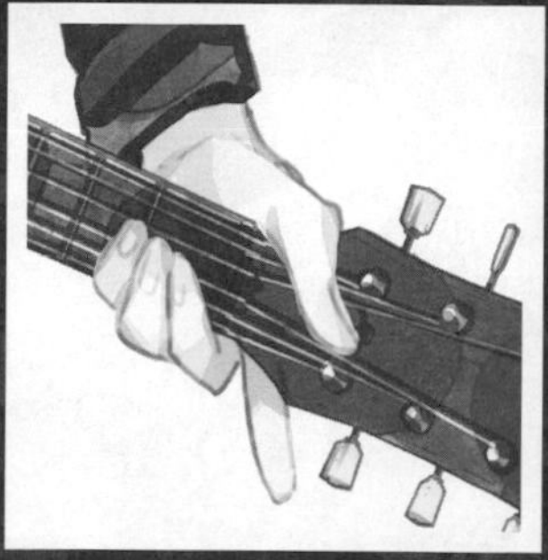

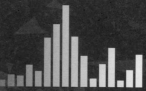

悼亡者

The Prayer

Band Member Profile

嚴歡

Character File 001

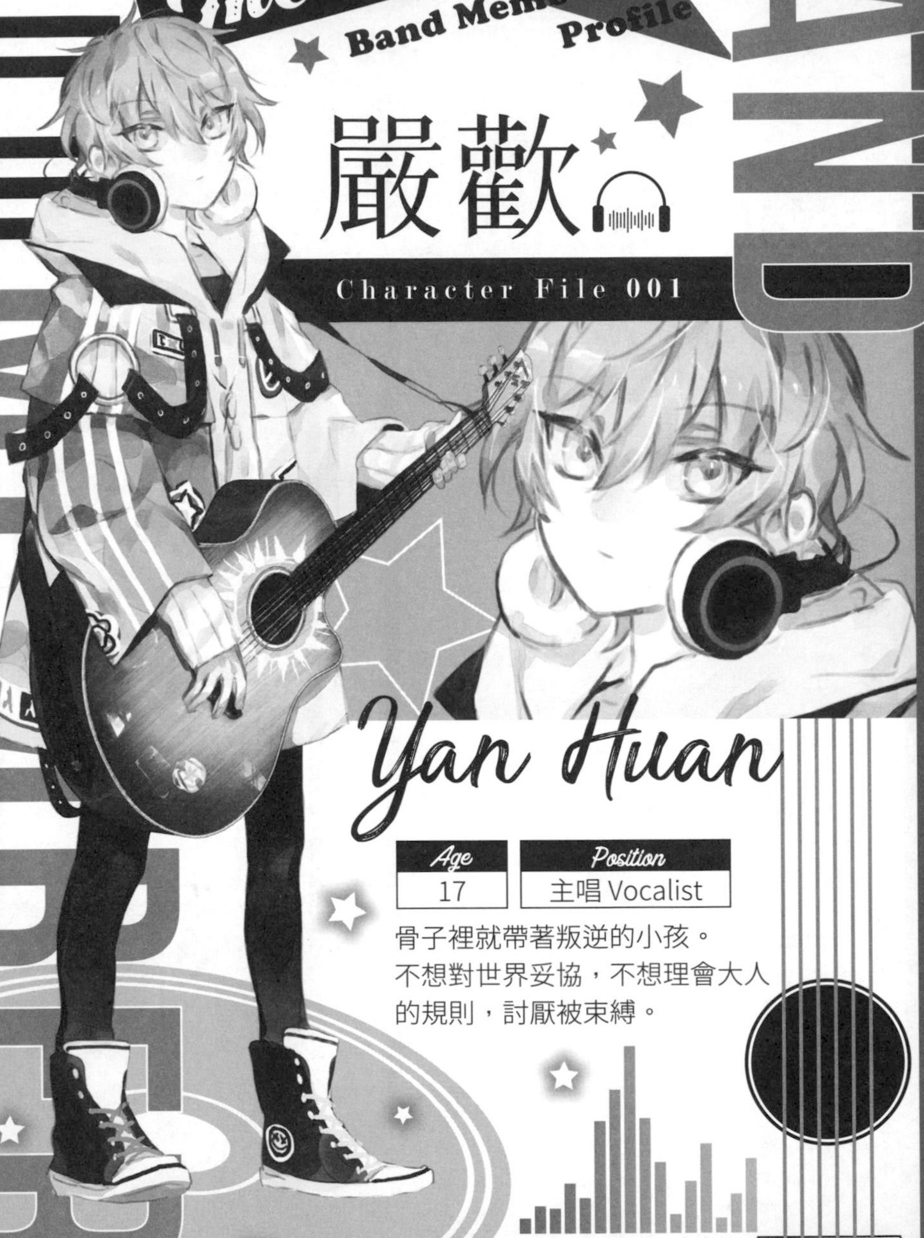

Yan Huan

Age	Position
17	主唱 Vocalist

骨子裡就帶著叛逆的小孩。
不想對世界妥協，不想理會大人的規則，討厭被束縛。

BAND MEMBER

悼亡者
Prayer
Band Member
Profile
付聲
Character File 002
Fu Sheng
Age
23
Position
吉他手 Guitarist
不從眾的天才吉他手。
對音樂抱持純粹的堅持，了解
搖滾，了解自己想要什麼。
BAND
MEMBER

悼亡者
The Prayer
Band Member Profile
向寬
Character File 003
Xiang Kuan
Age
25
Position
鼓手 Drummer
普通的好人，
有著雜草般的韌勁。
有時候會發現他不為人知的一面。
BAND
MEMBER

悼亡者
The Prayer
Band Member Profile
陽光
Character File 004
BAND
MEMBER
YangGuang
Age
25
Position
貝斯手 Bassist
只有外表陽光的毒舌青年。
看起來很聰明，實際上卻有點傻。

01

#Pray it out

痴狂

細雨從雲層間墜落，一滴接著一滴掉落大地，鑽進溼潤的泥土裡，親密地貼上人們溫熱的肌膚，打溼茂密的黑髮。為那些因嘶吼而沙啞的喉嚨，送上一絲冰涼的慰藉。

一號舞臺上，選秀出身的明星和來自亞洲的男團輪流登場，引起少女們一聲高過一聲的尖叫。二號國際舞臺則擁有更多不同膚色的聽眾，很多旅居本地的外國友人也抓住這一次機會，來聽一場來自家鄉樂團的演出。這裡的外國人與其他幾處相比是最多的，因此也是玩得最嗨的一個場地。

而三號和四號舞臺，因為緊緊相鄰，觀眾流基本上是相通的。選擇看這兩個舞臺演出的觀眾，都是國內的搖滾樂迷。他們會在兩個舞臺間流竄，遇到自己喜歡的優秀樂團便停留下來觀看，然後沒過多久，又被另一個舞臺的樂團吸引走。因此，雖然三四號舞臺周邊的觀眾總人數沒有太大變化，但是三號和四號舞臺各自的觀眾數目總是呈現波浪式變動，此起彼伏。

而此時三號舞臺上，夜鷹的表演剛剛結束。蕭侯放下手中的麥克風，汗水順著臉頰滑落，砸在臺上，與雨水交融在一起。他略微急促地呼吸著，嘴邊卻帶著滿意的笑容。他對樂團剛才的表現很滿意。這幾個月來，夜鷹樂團經過新的磨合和改造，已經不再是原來的那一支隊伍。蕭侯有自信，哪怕是付聲現在再站在他面前，他也能當著那個傲慢傢伙的面揚眉吐氣！

你能做到這麼出色嗎，付聲？

現在的夜鷹已經不是那支被你拋棄的樂團了！

你會不會後悔？

自從付聲出走後，蕭侯一直壓在心底的一口氣總算是吐出來一些了。他站起身，拿起吉他準備和伙伴們一同向觀眾致謝，然後就要下臺休息，然而他敏銳地察覺到了人群的騷動。

怎麼回事？

蕭侯忍不住停在舞臺上，向下方的人群末尾看去。他能看到有不少的觀眾已經混亂起來，正在竊竊私語著什麼。甚至還有人根本不理睬臺上夜鷹的致謝，直接抽身就走，急匆匆地向另一個場地趕去。

蕭侯的臉色黑得難看。

「團長！你看那邊！」身邊有夜鷹的新團員指著舞臺旁的大螢幕驚呼。

那是即時轉播另外幾個場地演出的螢幕，原本並沒有多少人會去在意這些無聲影像，然而現在，三號場地的觀眾們竟然有七成都正看向大螢幕！

蕭侯順著團員的呼聲看去，只看了一眼，臉色就變得蒼白，雙手緊握。

「付聲，竟然又是你！」

只見四號舞臺的即時轉播中，正是一場樂團的表演現場。不同的是，那竟然是一支只有三人的樂團，然而從螢幕上能看到，現場的觀眾已然嗨翻了天！不僅擺起人龍，還互相掀起人浪漩渦！熱烈的氣氛比起外國人占據的二號舞臺，有過之而無不及！

時間倒退回二十分鐘前。

付聲牽著嚴歡踏上舞臺，在腳踩上最後一道臺階前，耳邊還是一片寂靜，而當踏上舞臺的最高階之後，喧鬧和歡呼便撲面而來，瞬間充斥耳膜。嚴歡的手不由得縮了一下，付聲沒有鬆開，而是緊緊地握了握，輕聲道：「害怕？」

害怕嗎？

當然害怕。

好不容易能夠踏上這世界級的舞臺，好不容易能讓全國都知道悼亡者的名字。嚴歡當然會害怕，他害怕自己唱得不夠嘶啞，喊得不夠用力！不能讓所有人都聽見他們的聲音，不能將那個離團出走的傢伙喊回來！

怎麼能不害怕呢？但是，絕對不會退縮。嚴歡回握了付聲的手，沒有說話，但是已經表達了自己的意思。

於是，付聲便鬆開他的手，讓嚴歡一個人走到舞臺最前方。

樂團上場的時候，燈控打暗了現場的所有燈光。臺下的觀眾只能看到一道道模糊的人影，然而即使如此，還是有人發現了不對。

一、二、三，竟然只有三個人？難道這支樂團是標準的一吉他、一貝斯、一鼓手的組合嗎？人數也太少了吧。

然而，不等觀眾表達出訝異。燈光驟起，照亮舞臺上的三人。

黑髮的少年首當其衝，站在樂團的最前沿，迎視著數千上萬人的目光！他絲毫沒有退縮，漆黑的眸望著臺下，露出自信的笑容。

與此同時，臺上的大螢幕上打出一行黑色的大字——悼亡者！

有少許人發出驚呼，似乎是認出了這支小有名氣的樂團。然而更多的人仍然摸不著頭腦，尤其是當他們發現這竟然是一個雙吉他組合樂團，根本就沒有貝斯之後！

議論聲漸漸響起，越演越烈，表達著觀眾的不滿與疑惑。

而就站在這風口浪尖，嚴歡卻一點都沒有受到影響。他緊緊地閉上眼睛，深吸一口氣。

須臾，少年高舉右手，朝天比出一個手勢！手指握拳，獨獨只伸出一隻食指直指天空！似一把利箭要穿透黑夜，那是NO. 1的手勢，象徵著第一、冠軍、最優秀！

看到嚴歡的手勢，現場陷入一片啞然，隨即便是一陣哄然。

然而，嚴歡並沒有在意這些，他收回手後，背對著向寬輕輕一點頭。

鼓手明白了他的心意，鼓棒在雙手的指尖轉了一圈，隨即握緊鼓棒，敲響第一道節奏！

咚咚咚——

鼓聲在滿場觀眾的異論聲中緩緩奏響，一點，一點，追隨著雨水的節奏，漸漸地將人們的耳朵喚醒。

而在此時，付聲抬手按上吉他，輕輕地一撫弦。

下一秒！

所有人在一瞬間，似乎聽見了這世上最凜冽的一道聲音！電吉他犀利的奏鳴像是一道閃電，猛地砸落在眾人心頭，叫人窒息！幾乎每個人，都不由自主地沉浸在付聲絢麗的吉他演奏中。

嚴歡閉著眼，唇邊卻帶上微笑。

他知道，他的伙伴們的表演已經叫人驚豔，但是這些還不夠，只有三個人的悼亡者，並不是完美的悼亡者。所以在今夜，他要將離去的貝斯手呼喚回來，就用自己的歌聲！

就在場下的觀眾都為付聲的吉他而神魂顛倒時，他們卻絲毫沒有注意到，主唱輕輕握住了麥克風。旋律緊扣在他唇邊，已經躍躍欲出。

嚴歡輕吐出一口氣，循著付聲的節奏，唱出他今夜的第一首歌。

也是踏上搖滾時，他創作的第一首歌。

《奔跑》！

從遙遠的過去，奔跑向沒有盡頭的未來。

從一個不切實際的夢開始，踏上這場漫漫路程。

烈火炙烤，風雨追趕，卻始終不願停下腳步。哪怕它始終是一條無盡的夢，也是一個讓人心醉、不捨得放棄的夢！

那麼，又是何時開始追逐夢想，何時可以開始啟程？

《今天吧》！

從今天起，就快快踏上路程，不要耽誤一分一秒！

別錯過出發的時刻，別忘記前方的月臺。背上空空的行囊，帶上你的夢想去追逐，去尋那心中的夢！

不過，夢想再美好，這條路上難免有坎坷，有歧途。當前方的暗遮掩住遠眺的方向，當心中的迷惘蹉跎了腳步。究竟該如何是好，應對著掙扎、痛苦、失落、悲傷！

唯一需要牢牢記住的，就是不要忘記，即使是《在黑夜裡》，也請你——

不要忘記胸中的那團烈火，不要忘記點燃灰燼的那點光芒。

不要忘記深深埋在心中，那永不曾捨棄的信仰！

在寒風中奔跑，在今天選擇啟程，在黑夜裡繼續坎坷前行。

追悼亡者的人吶，他們走在這無盡的路上，永遠不知疲憊。

三曲聯唱。

這是嚴歡第一次在這麼大的舞臺上，將完整的三首歌一起唱完。

聲。

比起沙啞的喉嚨，更讓他無法呼吸的是胸膛中幾乎快要跳出的心臟。

每一句歌詞，每一個旋律，都記載著珍貴的記憶，都畫滿了樂團的汗水。

它們承載著這一年多來悼亡者的辛酸與苦累、快樂與收穫，是從心裡發出的歌聲。

沒有比來自靈魂的音樂，更能打動人。

悼亡者的這三首演奏，徹底掀翻了整座四號舞臺廣場。

所有人都為他們痴狂！

嚴歡的聲音已經沙啞，喉嚨裡似乎含了一塊火炭，被烤得乾枯炙熱。

然而此刻，響在他耳邊的一聲聲呼喊，卻比滴落的雨水更能滋潤他的乾渴。

「悼亡者！悼亡者，悼亡者！」

聽得入迷的觀眾高高舉起右手，對著天空舉起撒旦手勢。這是搖滾不言而喻的通行符號，象徵崇拜、力量、自由以及一切！而在這裡，這就是觀眾們對樂團的「愛」！

所有人狂亂地甩動著自己的身體，甩起長髮，歡呼地高叫著。一聲又一聲重複呼喊著樂團的名字！

現場近乎失控，而在後臺，有人看著這一幕，臉上露出不知是欣慰還是擔憂的笑容。

「我真的不知道，他們在這麼短的時間內走這麼遠，是幸還是不幸。」藍翔看著舞臺上的三人感嘆。

「年輕人總有自己的路要走，你操那麼多心幹嘛？」許允靠著牆，和他一樣看著舞臺上星光燦爛的三個人，「可惜，離家出走的那個小子不在，不然就圓滿了。」

就在他感嘆陽光的缺席時，舞臺上，嚴歡同時也下了一個決心，他緊了緊握住吉他的手，做出一個不會後悔的決定。

「可以開始了。」

他對 **John** 輕聲道。

觀眾瘋狂地呼喊著安可，但是悼亡者樂團本身並沒有準備安可曲，付聲和向寬正準備就此下臺。

「等……嚴歡，你幹嘛？」就在準備起身離開時，向寬突然看見嚴歡又上前一步握住了麥克風，嚇傻了，「我們可沒有準備另一首曲子！後臺還有別的樂團在等呢，喂，嚴歡！」

嚴歡絲毫聽不進他的話，他雙手握緊麥克風，閉上了眼。似乎有一股無形的氣場以他為中心四散而開，人群逐漸安靜下來，看著站在舞臺中央的少年，一種難以言說的期待讓他們甘心等候。

而在付聲的眼裡，握上麥克風的那一瞬間，嚴歡似乎變了。他身邊的氣息不再輕快活潑，而是一下子沉澱下來，就像是一杯釀了多年的老酒，在這一刻，即將洩露它的芬芳。

這真的是嚴歡嗎？付聲在那一秒，不由得產生了這種疑惑。

直到周圍的人全部都安靜下來，整座廣場上幾乎聽不見竊竊私語。一直握著麥克風不動的嚴歡才再次睜開眼，那一瞬，似有星光墜入他的眼，令眾人屏息！

就在這寂靜時刻，嚴歡驟然出聲：

「**我不願獨行！**

在這狂風的夜！」

一道劃破夜空的嘶喊，在頭頂的蒼穹撕開一道裂口。轟轟隆隆，震響了每個人的耳膜。

嚴歡開始了屬於他的演出，不，是屬於他和John的演奏。纖長的手指被上帝施展了魔法，靈活地在吉他弦上翻動。嚴歡從來沒有像現在這樣感覺到，吉他在自己手裡就像是有了生命。每一次撥弦時的震顫，每一道撼動空氣的音波，都與心臟緊緊相繫。分分秒秒，伴隨著心臟一同跳動，連每一口呼吸都吸入了名為音律的養分！

這就是付聲在彈奏吉他時的感覺嗎！這就是掌握吉他的感覺嗎！

嚴歡心潮湧動。自從很久以前的那一晚，John借用他的身體彈奏藍調以來，嚴歡就再也沒有感受過這種感覺。而現在第二次體驗這種感覺，他興奮又遺憾，究竟什麼時候，他才能以自己的力量達到這種水準？

「開始吧，歡。」John提醒他道，「唱出你的心意。」

就在嚴歡悄悄開啟名為John的作弊器時，臺上臺下一群不明真相的群眾，徹底地被震住了。包括付聲在內，所有人幾乎都錯愕於嚴歡的神來之筆！

那個總是挨罵的笨小子，什麼時候能夠彈奏出這種水準的吉他了？與付聲高超技巧的吉他演奏不同，嚴歡此時彈奏出的樂聲，更多是帶著豐厚的情感，是時光沉積下來的什麼……

舒緩的吉他前奏，在嚴歡那一聲淋漓的嘶吼後，像是從高峰墜落到平原，總算是讓觀眾回過神來。伴隨著這輕快又似乎帶著一絲憂鬱的彈奏，嚴歡唱出了他祕密創作的這首歌——《不願獨行》。

「曾想過高高飛起，
狂風卻打溼我翼。
也嚮往轟轟烈烈，
夢想卻不告而別。」

帶著沙啞的聲線，嚴歡輕輕唱。似乎又回到了落雨的那一日，麗江的小巷中，他一遍一遍地呼喊著某人的名字，卻只換來一次次的失望。

「長風的夜，
我一人獨行。
零落的雨，
誰不見蹤影。」

只唱出這麼幾句，心知肚明的人都聽懂了。臺上，付聲和向寬相視一眼。臺下，夜幕的天空下，有誰悄悄握緊了拳。

吉他聲驟然激昂！

「**我不願獨行！在這漆黑的夜。**

我不能獨行！在這漫漫長路。」

一個人聲嘶力竭，嘶喊的聲音夾著雨水的哽咽，又漸漸壓低，似是在某人耳邊呢喃，輕聲吐露。

「**若誰要離別，那你撕下的這片羽翼。**」

曾展翅飛到夢想的天空，卻在漫漫追逐的路上，失去了珍貴的事物。

那種分離的感覺，像是被活生生撕裂，撕心裂肺的痛，又怎麼藏得住。嚴歡閉起眼，撥動吉他弦的手在微微顫抖。

有一道身影立在夕陽下，輕輕與他告別。

——離開之前，趁這個機會，你聽我彈一首曲子吧。一首就好。

——你怎麼哭了？

——抱歉，不能在這條路上一直陪著你，嚴歡。

——我必須走。

記憶中，又看見一個少年蜷曲著身子，眼眶泛紅。

——他走了。

——我想阻止他，但是不知道該怎麼做。

——我怎麼這麼沒用！連一點辦法都想不到！我幫不到他，幫不到他。

——為什麼他就不能留下來！

「零落的翅，飛得再高，也不再完整。」

曾志得意滿，自以為將要飛向最高空卻重重摔落在地，嚴歡這才明白，他從來就沒有翅膀。他就是一隻小小的烏龜，在自己的世界裡兀自掙扎。

John的出現，為他插上了第一根羽毛。

付聲、向寬、陽光……許許多多的人和樂手，第一個樂迷，曾結伴而行的伙伴。

他們都是一根根羽翼，為烏龜插上了夢想的翅膀，讓他可以飛出禁錮他的池塘，飛向藍天。

然而，在飛躍的途中，小烏龜卻失去了一根寶貴的羽翼。

——嚴歡，你要慢慢長大，從現在開始。

就是從那個時候開始懂得，這個世界不是那麼美好，有殘酷，有挫折，也有無可奈何。但是他終於可以做到，用這殘缺的翅膀飛上舞臺，向這個世界大聲呼喚。

「我不願獨行。」

去找回遺失的翼。

「不願放你在黑夜裡獨行。」

回來吧。

「卽使狂風再打溼我翼，

卽使明白夢想高不可攀，

不要放棄，請不要放棄。

在最冷的夜裡，也有我與你同行。」

回來吧，回來吧。

用手撥出最後一道音符，嚴歡望向夜空，像是要穿透它，去尋那烈日朝陽。

「卽使是落日離別的餘暉，它的名字，也叫做陽光。」

不願獨行，請不要獨行！

陽光。

回來吧！

「雪，是雪啊。」

天空撒下一整片紛紛揚揚的白色花絮，等到人們抬起手，去接住那輕薄的冰涼時，才意識到，這是——

下雪了。

時間在悼亡者結束表演的五分鐘後，在震天的歡呼中，以及內心難以掩飾的失望下，嚴歡走下了舞臺。

「你在期待什麼？」付聲走過他身邊時，一把環住他的肩膀，湊到他耳邊道，「是期待陽光踏上舞臺，和我們重聚嗎？」

不可否認，的確在唱出那首歌的一瞬間，嚴歡有過這種期望。他希望陽光會從人群裡走出來，會走上舞臺，重新站在他們的身邊。

然而，現實是——沒有。

漆黑的舞臺，無數狂歡的人，卻沒有他想見的那一個。

陽光他，最後還是沒有出現。

「失望嗎？」付聲輕聲道，「如果這就失望的話，今後你可該怎麼辦。」

嚴歡抬起頭，有些不明白他的意思。然而，這時候付聲卻揉了揉他的腦袋。

「出去散個步吧。」付聲對他說，「也許回來的時候，你的心情就會好一點了。」

會是這樣嗎？

嚴歡懷著失落的心情，踏出了後臺。迎接他的，是天上飄落的一片片雪花，漫天冰晶四處飛揚，輕柔地撫上他的臉龐。

「John，計畫失敗了。」嚴歡沮喪道，「陽光竟然沒有來，我努力了三天，好不容易才寫完那首歌。」

「嗯，難免都會失敗。」

「但是我之前本來很期待啊，不是你說陽光一定會過來看我們演出的嗎？我唱這首歌，難道他一點反應都沒有？他就不能出來和我見一面？一面也好啊，我好想問問他最近過得怎麼樣。」

嚴歡碎碎念著遠離了後臺，然而他卻一直沒有注意到，此時的John沉默得有些異樣。

John無聲地在心中嘆息，透過嚴歡的眼睛，看向夜空的白色雪花。

沒有反應的是你啊，歡。付聲竟然沒有追問你為什麼會彈出那樣的吉他，他應該早就發現不對勁了。以那位吉他手的心性，他怎麼會允許嚴歡有事瞞著自己。

不過，他竟然沒有追問，這是不是意味著即將有更重大的事情發生……

看來，今晚會有一場大變啊。

另一邊，付聲一直看著嚴歡的身影走出視線。而在他身邊，柏浪不知什麼時候走了過來。

「很出色的演奏。」

「謝謝。」

柏浪鼓掌道：「看來這場表演以後，所有的樂迷都會記住你們，悼亡者即將聲名鵲起。不如趁這個時間，我們再仔細商談一下合約的事情。」

「是嗎？」付聲轉身看向他，「你覺得有什麼好談的？」

「唱片製作，全國宣傳，利益分成……很多，當然，最重要的是——」柏浪輕推眼鏡，「我們老闆想要見你們一面。」

劉正，那個人竟然在這個時候提出見面要求。

付聲道：「如果我說不呢？」

「那很遺憾。」柏浪微笑，「恐怕，你們將會因此錯過一位故人。」

付聲越過他，與遠處走來的向寬視線相對。向寬收起平時的笑容，看向付聲，「也就是說，遊戲時間結束了。」

「不。」付聲回，「遊戲才剛剛開始。」

他對柏浪道：「帶我們去見他。」

付聲和向寬被幾位西裝革履的保鏢「請」上一輛黑色轎車，過了十幾分鐘的車程，才停在一座別墅前。

這還是在山上，離音樂節的舉辦地甚至沒有幾公里的路程，卻宛如天地之遙。付聲下車前，看了眼遠處依舊燦爛的燈火，隨後邁步，踏進這棟陰暗的別墅。

「歡迎。」

屋內，一個男人坐在鋪著虎皮的沙發上，他左手撫上虎頭，注視著兩位來客。

「久仰大名，悼亡者的兩位樂手。」

在見到這個男人的第一眼，付聲就開始暗自打量。平凡無奇的樣貌，中等身材，甚至連衣著都只是一般的西裝。這樣的一個人，實在想不到他就是讓無數人聞風喪膽的娛樂界金主，同時，也是暗中操控藝人販賣毒品的幕後黑手——劉正。而在這間屋子裡，付聲還看到了另外一個熟人。陽光正被人緊緊壓在地上，臉上有明顯的瘀青痕跡，卻還在不甘地掙扎。

「真是該感謝你們的演出。」劉正輕輕拍掌致意，「如果不是這樣，我還釣不到這隻跑了三年的漏網之魚。」

陽光緊緊咬著牙，雖然被人按倒在地，仍然用盡全身的力量去看著那個男人。眼神中，是滿滿的恨意。

「不要用這樣的眼神看著我。」劉正輕笑，「我只是一個商人，而不是劊子手。再說，以命抵命，用你們樂團的四條人命來抵我那廢物弟弟的命，雖然我有一點吃虧，不過也不計較了。」

他走到陽光身邊，輕拍他的臉頰，「所以說，你還有什麼好恨的呢？」

「你！」陽光被死死抵在地板上，「如果不是你……讓他們染上毒品！」

「哦，這個怎麼能怪我？」劉正鬆開他，「一個願買，一個願賣，這完全是公平交易。正如，今晚——」他收回視線，看向付聲，「這位鼎鼎有名的天才吉他手來到這裡一樣。我沒有逼迫你們做什麼，而是交易，對吧？」

劉正笑望付聲，「對我們能提供的條件還滿意嗎？相信在來的路上，他們已經給你看過合約了。」

陽光吃驚地看向付聲，眼中有錯愕，有不解，有失望。

然而，付聲卻無視他，回答劉正的話。

「滿意。」吉他手冰冷的語音在整個屋子傳開，「只要你能夠提供一個讓我滿意的舞臺，我可以為你做任何事。」

劉正笑道：「任何事？」

「任何。」付聲道。

「我可以問為什麼嗎？」

「因為搖滾。」付聲，「為了它，我可以做一切事情。」

「包括捨棄同伴？我聽說，你和現在的悼亡者團員可是感情很好呢。」

付聲閉上眼，不去看陽光憤怒的目光。

「我沒有同伴，只有搖滾。」

他說：「今天，在這裡與你簽訂合約的不是悼亡者，而是我個人。悼亡者從此刻起，正式解散。」

冬雷陣陣，在這個飄著雪花的夜晚，一道道慘白的電光映照屋內每個人的臉龐。

困惑、驚疑、冷靜、得意，每個人都帶著不同的心思，在此時，達成了一個同謀。

「我不管你究竟怎麼想。」劉正微笑道，「不管是因為被我抓住了把柄，還是真的心甘情願。只要走上了這條路，就不能回頭了。付聲，你做好準備了嗎？」

成為一個與毒販合謀的樂手，來獲得更多來自地下的支持。失去同伴，從此自己一個人沉浸到黑夜的世界裡。

這種結果，早在數個月前接到劉正祕密電話的那一刻，他就知道了。

「我不後悔。」付聲道，任憑冬雷在身後陣陣響起。

他又想起今晚，嚴歡在舞臺上放聲高歌的模樣。只有那隻小鳥，只有那隻鳥兒，他想讓他盡情高飛，不願他受到任何束縛。

所以，他不後悔。

嚴歡在外面興致勃勃地逛了一圈才回來，半路上差點又被貝維爾誘拐去二號國際舞臺。好不容易逃出生天，他玩得滿臉通紅地跑回後臺。

「付聲，向寬！我告訴你們一個好消息！」少年忍不住地歡快道，「貝維爾說他之前有在臺下看見陽光！絕對沒錯，陽光一定是來看我們演出了！喂，付聲！」

然而，等他興沖沖地跑進悼亡者的準備區，裡頭卻空無一人。

那裡，所有的東西都被搬光了。

只留下一把吉他孤零零地靠在角落，空蕩的窒息感從四面八方包圍這個錯愕的少年。

嚴歡愣住了，他站在空曠的房內，迷惘地四顧。

「付聲，向寬……」

你們去哪了？

然而，沒有人回答他。等待他的，只有比死亡還可怕的寂靜。

02
#Pray it out
星火

「怎麼樣，他還是不願意出來嗎？」

藍翔看著剛剛從後頭出來的許允，輕聲問道。

許允無奈地搖了搖頭，「別說出來了，連飯都沒怎麼吃，昨天端進去的都還沒動一口。」

他說著，將手裡的餐盤放到酒店客桌上，長嘆一口氣。

「也不怪他，要是我突然遭受這麼大的打擊也不好受，就讓嚴歡那小子再適應幾天吧。」

「適應嗎？」藍翔回頭，看著樓下的車來車往。有些事情，無論經過多長時間都適應不了。因為留下了傷口後，就一定會疼痛。

他一手撫上玻璃，無奈道：「付聲，你這個獨斷獨行的傢伙。」

這一次要是嚴歡挺不過這一關，我看你後不後悔！

「歡，嚴歡，吃飯了。

「再不吃，你想餓死自己嗎？

「喂，嚴歡！」

嚴歡不耐煩地用被子捂住耳朵，躲得了旁人，還有一個老鬼是他永遠躲不掉的！他恨不得將 John 從大腦內清除掉，好一了百了。然而，這個老鬼一直在腦內囉嗦，讓他連找個安靜的地方獨處一下都辦不到。

「你又是這樣。」John 教訓道，「每次遇到挫折，你都只想到逃避。上一次于成功離開時是如此，這一次也同樣。你什麼時候能有一點進步？」

「……」

「嚴歡！別老是停留在原地，你究竟還想不想踏上世界最大舞臺，成為最成功的搖滾樂手。你……」

「夠了沒有！」嚴歡大吼一聲，猛地拉開被子，「教訓，教訓！你就只會教訓我。你能不能為我想一想，世界上最大的舞臺，我一個人去有什麼意思！付聲也好，陽光也好，還有向寬和你，每天只會告訴我應該怎麼做！要怎麼做！不能逃避不能退縮！可是你們有沒有想過，我也是會害怕的啊！」

他雙手捂住臉，幾乎哽咽道：「我也是會怕的啊！什麼都不說就解散樂團，一個人不知道跑去哪了。一個人離開，陽光也是，付聲也是，他們有想過我的感受嗎？說什麼為了我好，真的為我好的話，就不要把我一個人丟下來啊！」

嚴歡的臉深深埋進被子中，隱約能聽見哭泣的聲音傳來。

「為什麼總是把我一個人丟下來？誰都不在，全都走了，只留下我一個……」

John忍不住嘆氣。

「嚴歡……」

「我不想聽什麼解釋！說是為我著想，說我還小，我也知道付聲那麼做肯定有理由。」即使還埋在被子中，嚴歡也努力讓自己的聲音冷靜下來，「但是他說都不說一聲就離開，根本就沒想過要尋求我的幫助。什麼都是自己一個人扛著，現在竟然還莫名其妙地解散樂團。對我說的最後一句話竟然是讓我出去散心。」

「嚴歡。」

「說什麼回來就會好！哪裡好啊，簡直就是跌到地獄去了好嗎！」

「嚴歡……」

「這種做法簡直就像在——」

「蔑視你。」John終於插上話，「不跟你商議一聲就逕自去解決問題，是不是覺得自己被藐視了？所以你憤怒的不是他們的離開，而是他們的不信任。」

「……」嚴歡忍不住抬頭，揉了揉微紅的眼眶，「你有讀心術？」

「我沒有讀心術，只是將心比心。如果我是付聲，處在他那種境地，我也不會事先告訴你。」

「什麼！」

「告訴你能夠解決什麼問題嗎？」John反問，「你有能力解決劉正？還是說，你隻手通天可以讓樂團的處境好起來？或者，你的影響力已經大到讓劉正不敢對你們下手？這幾件中，你究竟有哪一項本事，來讓付聲依賴你？」

嚴歡被他說得一愣。

「而你也知道，付聲向來不是一個衝動的人，他之所以做出現在這個決定，一定是權衡比較之後的結果。對你們來說，這都是最好的抉擇。」John道，「嚴歡，之前我說過很多次了。別人不來依賴你，並不是因為他們不相信你，你有沒有想過，正是因為你還不夠強大，所以他們只會選擇保護你，而不是和你一起戰鬥。」

「我……」嚴歡結巴了，「可是，原本我們還可以一起慢慢想辦法啊。但是現在，連樂團都解散了！」

「沒有慢慢去想辦法的時間了。」John說，「劉正邀請你們參加這次音樂節，肯定準備好了後手。付聲之所以答應下來，那時候一定就準備這麼做了。無論怎麼想，現在的狀況是你安然無恙，他們也沒有人身危險，算是最好的情況了。」

「劉正他只是一個人，有那麼可怕嗎？」嚴歡還是不理解。

John嘆了一口氣。

「歡，在這個世上，永遠不要低估人的貪婪。為了金錢利益，人類可是什麼都做得出來。」

而且，毒品、地下世界、搖滾樂，這三者本來就是被一根繩子緊緊拴在一起，想要掙脫可不是那麼容易。

「而且，悼亡者只是目前解散，並不是永遠。」

John的一句話突然點醒了嚴歡。

「你……這是什麼意思？」

John笑了，「這你還不明白嗎？付聲留下你，就是為悼亡者留下了最後的火種啊。」

「嚴歡！」

房間外的藍翔與許允兩人，突然聽到一陣震天響的敲門聲。有誰在門外用彆扭的中文喊著嚴歡的名字，還把門敲得砰砰作響。

「貝維爾？」許允打開門一驚，「你在這裡做什麼？」

「我來找歡！他不在嗎？」金髮的大個子探著腦袋，向門內東張西望，「我知道他因為樂團解散的事情很不開心，所以我也到處找人，今天可是帶了一個好消息過來！嚴歡呢，人呢？」

許允看他大咧咧地就闖進門，連忙示意他安靜。

「噓，嚴歡現在狀態正不好，你小聲些。」

「我知道他不好啊！所以我要帶給他一個好消息，讓他開心！」

這些老外怎麼就講不通呢？許允無奈地扶額，「聽著，貝維爾，我不知道你是要帶什麼消息給他，但是嚴歡現在情緒低落，不見任何人。你明白嗎？我想現在他需要的是安……喂喂，你往哪裡跑呢！」

話還沒說完，就見貝維爾鎖定了一間房間，正是嚴歡休息的那間，就要開門進去。許允連忙阻止，「貝維爾！你要是被嚴歡一拳打出來，我可不對你們團長負責啊！」

「才不會，嚴歡捨不得對我這麼暴力的……啊，嚴歡！」正說著，貝維爾看見房間門自動打開，他心心念念想見的人正站在門口。

「貝維爾？」嚴歡揉了揉眼睛，懷疑自己看錯。音樂節演出都結束好幾天了，他們不是應該回英國去了嗎？

「哦，我可憐的男孩，你都瘦成這樣了！」貝維爾憐惜地揉著嚴歡的臉頰，將他的嘴揉得嘟了起來。

「貝、貝維爾！」嚴歡勉強保持嘴型，儘量口齒清楚道，「你來找我究竟是什麼事？」

「對了，差點忘記。」提起正事，金髮樂手的眼睛一閃一閃，藍綠色雙眸如同碧水藍天般發著光，「我有一個好消息要告訴你，歡！」

他深吸一口氣，大聲宣布道：「我代表KG樂團，邀請你一同參加我們的環美演出！趁這個機會，出去散散心一定對你有好處的，男孩！」

「什、什麼？」嚴歡懷疑自己幻聽，或者說他的英文能力還是不夠，可能聽錯了某個單字。可是下一秒，他聽見貝維爾用字正腔圓的英式英語重複了一遍。

「環美！繞整個美國一圈，乘車沿著美國的高速公路環行！」貝維爾高舉雙手，「與世界上所有最頂尖的搖滾樂團相遇，邂逅最專業的搖滾樂迷！全美巡演！你願意一起來嗎，嚴歡？」

別說嚴歡，就連一旁的許允此時都愣住了。只有藍翔，叼著菸看著這群年輕人，沒有錯過嚴歡眼中一閃而過的激動，他輕笑。

「你留下的這枚火種，看來將再次點燃了。」

是吧，付聲？

「從前，有一個名叫約旦的男孩，他組了一支樂團。

「他帶著樂團四處表演。

「他和樂團的伙伴們去了美國。

「他們出名了，享譽世界。

「但是之後他和伙伴產生了爭執。

「然後他們解散了。

「約旦死了。」

嚴歡一頭黑線。

「John，你講的這是什麼故事？」

John道：「是你要我講些趣事來打發時間，怎麼，這個故事很無聊嗎？」

「我只聽到了一個少年勵志故事。從默默無名的樂手最終成為世界級樂團，這雖然很勵志，但未免也太單調了吧。」嚴歡冷哼道，「現實哪會這麼順順利利。」

「是嗎？那換這樣說好了。」John道，「約旦與伙伴解散後，事業起伏不定，家庭波折不停。他的前妻帶著孩子走了，他與現任的愛人不被人們祝福。他喜歡上了別的事情，但是人們卻把他當做瘋子。最後，他剛準備複出重踏搖滾之路，卻被一個瘋子殺死了。」

「……算我的錯，我再也不會嫌棄你的故事太平淡了。」嚴歡道，「你就放過這個叫約旦的孩子吧！不就一個故事嗎，被你扯得跟狗血電視劇一樣！」

「呵呵。」John笑道，「生活只會比故事更坎坷，難道你還不明白這點？」

嚴歡哼了一聲，不說話了。

他們現在正在機場的候機大廳，準備飛往美國。

一個月前來自貝維爾的邀請，讓嚴歡考慮了一個禮拜，最後還是接受了。從哪裡跌倒就從哪裡爬起來，他在搖滾之路上摔了一大跤，那麼他就要在新的世界重新開始。只不過這一次，上路的只有他一個人。

悼亡者解散的消息，在獨立搖滾界引起不少波瀾。不明真相的人們有的惋惜，有的幸災樂禍。很多人認為，有付聲這麼一個不定時炸彈在，悼亡者解散是遲早的事，能撐這麼久已經算是奇跡了。大多數人都將樂團解散的過失歸咎到付聲頭上，甚至連夜鷹的團長也黃鼠狼給雞拜年，裝模作樣地跑來安慰嚴歡。

「付聲一向任性，他從來不顧其他人的感受。不過你還年輕，還有機會重新開始。要不要考慮來我們樂團？」

對於付聲前團長拋出來的這橄欖枝，嚴歡的回應是咧嘴一笑，然後重重把門摔在對方面前，閉門謝客。

哪怕他自己心裡再委屈，對付聲再感到不滿，嚴歡也絕對無法接受別人說付聲的壞話。這種感覺就像是護小雞仔的母雞，自家團員再不好，也只能我自己說，你們外人冷言冷語算什麼，老子才不聽你們胡扯！

也是因為外界不斷的奚落和憐憫，更讓嚴歡下定決心一定要去美國。他要去國外闖出一番天地，讓這些冷嘲熱諷的人刮目相看！

於是，一個月的時間用來辦簽證，再辦好各類手續。今天，終於到了出發的時刻。

嚴歡沒有讓任何人來送機，父母和藍翔都被他拒絕了。在他看來，這是一次失敗後的遠征，沒有什麼讓人送機的底氣。只有等他凱旋歸來，獲得足夠的收穫後，才能挺抬頭挺胸迎接人們的歡呼。現在，就讓他一個人安靜地離開吧。

他坐在候機大廳，只在腦內和John有一搭沒一搭地閒聊。殊不知，這副背著吉他扛著行李的打扮，替他吸引了不少目光。周圍的旅客都在紛紛猜測，這麼一個年輕人是要孤身背著吉他去哪呢？

而在這些關注的目光中，有一道視線格外沉重。

「不去見他一面嗎？」

向寬靠在牆角注視著遠處的嚴歡，對某人這麼說。付聲就在他身邊，背對著嚴歡站著，點起一根菸。

「我不想擾亂他，他現在有自己的路要走。」他閉上眼，深深地吸了一口。

「你又開始抽了？嚴歡在的時候，你明明都戒了。」

付聲沒有說話，只是眼眶下的陰影讓他顯得疲憊許多。

向寬嘆了口氣，「付聲，你總是什麼都不說地背負這麼多。我有時候看你這樣，實在忍不住想揍你一拳。我們就真的不值得你相信嗎？為什麼不多依賴我們一些！啊？」

「……」

「劉正這次肯讓我離開，讓陽光自由，是不是你在背後做了些什麼？你究竟答應了他什麼要求，付聲！」

「別多想。」付聲輕吐出一口煙，「只是因為你們的利用價值沒有我大，所以有我在手，他放棄了你們而已。一向不都是這樣？只要有我在，吸引視線的人永遠都是我。」

向寬氣道：「是啊，所以你把自己賣給那個大毒梟，來換取我和陽光的自由！你有為自己想過嗎？付聲，你這一個月來為什麼瘦了這麼多，臉色也明顯不好。」

他神色一變，壓低聲音道，「是不是劉正他逼你——」

「夠了！」付聲猛地呵斥住他，捻熄香菸，「這是我自己的事，不用你操心。」

他將菸蒂扔進一旁的垃圾桶，轉身就走。

「以後沒有事，不要再聯繫我。」

向寬咬著牙站在原地，半晌，轉身狠狠砸向牆壁，「混蛋！你這個混蛋！」

付聲逕自遠去，沒有再回頭看他一眼。然而此時，廣播裡響起了登機提示：「請乘坐 T123 航班的旅客準備登機，請乘坐……」

這是飛往美國、嚴歡乘坐的那班航班。

付聲忍不住停下步伐，抬頭望向那邊，然而他只看到一個背起吉他走向登機通道的背影。望著那個義無反顧前行的身影，付聲終於笑了，露出這一個月來第一個笑容。然而笑容只維持不到一秒，很快便消失了。

這一次，他轉身向著出口走去，沒有再回頭。

隔著長長的候機大廳，兩人背道而馳。一個邁向夢想之地，一個走向無盡深淵。

嚴歡坐上飛機，起飛前最後看了一眼這個他生長了十八年的大地。

「我會回來的。」

他握拳，在心底悄悄許諾。

我會回來，帶著屬於悼亡者的夢想回來，帶著讓悼亡者重新展翅高飛的力量回來！

所以，付聲！

你一定要等我！

「嗨，男孩，一份沙丁魚三明治，大杯可樂！」

「好的。」

「喂，服務生！給我一手啤酒！」

「是的，稍等，先生。」

「小帥哥，給我們來些點心。」

「好的，女士。」

在這家生意火爆的速食店內，一個亞洲男孩穿著服務生服飾，像顆陀螺般忙得團團轉。這個男孩，就是嚴歡。

他今年已經十九歲半，馬上就要二十歲了，而他到美國也過了近一年的時間。在結束與貝維爾樂團的全美巡演後，嚴歡想了好些辦法，才能繼續在美國停留。

而他現在就是白天在速食店打工，晚上在附近的酒吧賣唱。這是John的提議，他說比起國內，美國這麼遠，一些人的觸角難以伸過來，而且嚴歡在這裡，也可以充分鍛煉自己。

因此，在結束巡演後，嚴歡就留在美利堅合眾國打工。當然，簽證和繼續滯留的問題，都是麻煩藍翔等人幫忙辦理的，後來一年期限將滿的時候，藍翔索性幫嚴歡弄了留學生證明，將他掛在美國某所三流院校名下。這樣，就可以正大光明地繼續停留了。

不知道藍翔他們究竟是使用什麼手段幫嚴歡辦理證件的，總之現在嚴歡只要一週去學校報到幾次，其餘時間都可以自由處理。除了打工之外，他絕大部分時間還是用來練習吉他和搖滾。

剛和貝維爾過來巡演的那年，嚴歡的英文說得一點都不流利，就連發音都帶著口音。而將近一年的在外生活，他總算磨練好了自己的口語，也嘗試著將悼亡者的一些中文歌曲翻譯成英文。

在John的幫助下，翻譯還算順利，最初的試唱也得到了一些人的認可。正因如此，嚴歡現在才能在酒吧駐唱，而不是在街頭賣藝。

晚上八點，結束了白天在速食店的工作。嚴歡跟老闆打了個招呼，叼了一塊三明治在嘴裡，就直奔附近的酒吧而去。在這裡，晚上八點半，他還有一場演出要負責。

「呦，嚴！你總算來了！」

酒吧門口站著一個彪形大漢，看見嚴歡便喜上眉梢，一把將嚴歡夾在腋下。

「快點進去吧，伙計，大家都等你好久了。」

「嘿嘿，維克多，你給我放輕點，快被你夾窒息了！」

即使相處了這麼久，嚴歡還是不習慣老美這種過於熱情的作風，嗨起來能把他當玩具般在半空中拋來拋去。而且因為亞洲人臉長得嫩，嚴歡好幾次被酒吧門口的保鑣當做未成年人擋在外面。

不過現在，大家都和他相熟，也不會出現這種情況了。

「今天可是狂歡夜！」維克多鬆開嚴歡，朝他眨著眼，「會有很多美妞過來，你還不抓住時機。」

「謝了，我對你們美國波霸可是敬謝不敏。」

「大胸是男人的浪漫！所以說你還是個小男孩，哈哈，小處男！」

「維克多！」

嚴歡惱羞成怒，一巴掌拍在熊男背上，可是到頭來痛的卻是他自己的手。

「我恨種族差異。」嚴歡淚奔。

雖然他現在的身高也快一米八，按維克多的說法就是還會再長，但是比起這些動輒身高破兩米體重破百的大漢，嚴歡還是顯得太單薄了。在酒吧的樂手中，他總是被當成小弟弟來欺負。當然，在真正談及搖滾的時候，沒有人會把嚴歡當做黃毛小孩。

他已經長大了，至少，在搖滾的這條路上是如此。

「嗨，維克多，總算將嚴帶過來了。」

進了酒吧，一個落腮鬍大叔和他們打招呼。

「今天人不少，你先去做個熱場吧，嚴。」落腮鬍大叔，也就是酒吧老闆對嚴歡道。

嚴歡沒有猶豫，點了頭就往後臺做準備去了。

「嚴這小子。」維克多看著他的背影笑道，「每當談起搖滾，就會立刻變得像個大男人。」

「他本來就不是小鬼。」落腮鬍老闆抽了口雪茄，「一個小孩能隻身一人跑到國外來？小看他的人都會吃大虧的，就好比某人。」

「哈哈。」維克多乾笑。他最初和嚴歡相遇的時候，就是因為不服氣這個臉嫩的小子。誰知最後兩人ＰＫ吉他，他卻敗下陣來，不服也不行。然而嚴歡卻說，他這樣的水準在國內不算什麼，他樂團裡原來的吉他手比他出色一百倍。自那之後，維克多就對嚴歡之前的樂團萬分好奇起來。

「也不知道怎麼樣的樂團才能培養出這樣的一個小子。」維克多開始幻想，「如果都是出色樂手的話，為什麼只剩下嚴一個人到美國來了？」

老闆吹出煙圈。

「世事難料啊。」

晚上九點整，這個不夜都市剛剛步入狂歡時刻。男男女女或遊走街頭，或漫步於舞臺。這是屬於夜晚的狂歡，屬於年輕人的舞臺。而騎士酒吧，就是這些舞臺中的一個，不起眼而平凡，卻融匯著一個年輕人的夢想。

「今晚由我開場。」嚴歡道，「你說這是老闆在測試我嗎，John？」

「是信任。」John道，「當然如果你搞砸了，我想他也不介意立刻把你趕出門外。」

嚴歡失笑。

「你就不能說些好話嗎？」

「比起語言，實力才是最重要，不是嗎？歡，今晚就讓他們見證一下你的能力。」

嚴歡不語，而心裡已經做出了決定。

夜場才剛剛開始，人們從門外蜂擁而進，肉貼著肉摩擦著身體，盡情享樂。然而當舞臺上的燈光亮起，所有人的目光還是不由自主地轉移過去。

哦，一個年輕的小鬼。有人這麼想著。

然而，還沒等這些人冒出更多好奇或負面的想法，認識嚴歡的一小部分熟客已經歡呼起來。

「嗨，嚴！今晚是你開場嗎？加油啊！」

嚴歡看著那個打招呼的熟人，送出一個笑容。不可否認，經過一年國外磨礪的嚴歡，氣質上成熟了許多。配上他來自異國的黑髮黑眸，以及一張俊臉，這一笑還是捕獲了不少女性芳心。

「哦，這個亞洲男孩可真帥，我喜歡他的神祕氣質。」

「偶爾與小男孩調情似乎也不錯。」

在嚴歡登臺後，觀眾想法各異。然而，當他用吉他撥出第一道音符，所有人便靜止下來，側耳傾聽。

吉他獨奏聲幽幽穿透空氣，鑽進人們的耳膜裡。

與本土狂熱的搖滾不同，這個節奏帶著蘊含在深處的力量，又帶著隱祕的旋律。

然而，當嚴歡開口唱出第一個音節，這群老外便瞪大了眼睛！見鬼，那是什麼語言？這樂手唱的竟然不是英文？是的，今天晚上，嚴歡準備為眾人唱一曲《黑夜裡》。最完整的，原汁原味的中文版《黑夜裡》。

而在這個即將掀起波濤的夜晚，你又在哪裡呢？付聲。

搖滾是什麼？

你問一百個人，都不會得到正確的答案。

因為每個人的答案都不一樣，根本就沒有唯一正解。而對於嚴歡來說，搖滾是一種痛，讓他體會到被逼著成長的痛苦；更是一種樂，帶著苦澀味道的快樂。

所以在他的歌聲裡，可以聽到截然不同的兩種情緒。壓抑著的痛苦，和追求著的希冀。就像是一個墜入深淵的人，他不甘、不願、不死心，想要獲得一團足夠燃燒一切的火焰！

是的，搖滾是一團火！以樂手自身作為燃料的熊熊烈火！

騎士酒吧中，金髮、紅髮、棕髮，白皮膚、黑皮膚、棕皮膚的老外全都驚呆了。他們從來沒有想過，有一天竟然能透過一種異國語言，聽到這樣震撼心扉的搖滾。臺上黑髮少年的每一聲吶喊，每一個嘶啞的低音，每一個轉折的氣音，都讓他們渾身寒毛直豎，好像有什麼東西要從心臟裡鑽出來，熱血沸騰！

歐美的搖滾圈向來張揚豪放，很少走低調內斂的路線，所以這些西方人很少像東方人一樣，欣賞一些明媚而憂傷的曲調。即使是女歌手，也大多是走豪邁女王路線。然而這一次，嚴歡的一首歌卻讓他們發現了新的世界。

這一種旋律，帶著含蓄的溫和，也帶著外放的嘶吼。它沙啞，但是不瘋狂，它內斂，但並不青澀，就像是一個男孩蛻變成一個男人，你能看到他身上稚嫩的地方，同樣也有別樣的味道。

嚴歡的聲音變得比一年前成熟許多，帶著青年獨特的磁性。

一把吉他，一首歌，一個異域小帥哥。由他帶來的新鮮體驗逐漸調動現場的氣氛，隨著他一聲聲喊啞喉嚨的嘶吼，不懂中文的老外們也隨著旋律高喊起來。

「YELI，YELI！」

幾乎沒有人能聽懂嚴歡的歌詞，但是這並不妨礙他們聽懂他的音樂！因為在歌詞之外，蘊含在搖滾之中的，更重要的是情感！而嚴歡，已經十分出色地將他所要表達出的情緒傳達給眾人了！

不屈，抗爭，執著！

背負著重任，一步步踏出泥濘。這種掙扎前行般的歌聲，這種打破束縛的曲調，徹底讓觀眾沸騰起來。隨著第一個人喊出聲，開始有更多人喊著嚴歡的名字！

今晚，註定是一個不眠夜，屬於嚴歡的不眠夜，屬於搖滾的不眠夜。

「呼，好不容易能喘口氣。」

許久，終於從舞臺上掙扎著爬下來的嚴歡，躲過了觀眾過於熱情的擁抱，獨自跑到了酒吧外的小巷。

成功了！

他沒有預想到的成功，孤注一擲的成功！

在決定用中文開場之前，嚴歡根本沒有想到會受到這樣的歡迎。然而，結果出乎他預料，或者說並不出乎預料，這一年多來的辛苦練習，這一年多的隱忍，終於在今晚爆發。

今晚的奇跡不是一夜獲得的，而是無數個通宵練習的結果。嚴歡靠在陰暗的小巷牆壁上，仰望著星空。

「什麼嘛，這國外的月亮也不比國內亮啊。」他笑了一聲，帶著些許的苦澀。這一年的辛苦，只有他自己知道。背負著樂團解散的重擔，獨自踏上異鄉，承受著人們不解和歧視的目光，他才終於在這裡邁出了第一步。誰能知道在美國的這麼多個夜晚，嚴歡幾乎沒有出去娛樂過，他連抬頭看一眼頭頂星空的時間都沒有。而今晚，付出的努力終於開始有了回報。

嚴歡笑了，笑著的時候，臉上卻帶著一絲落寞。

付聲、向寬、陽光。

沒有他們的成功，總覺得少了些什麼。

「John。」嚴歡道，「你說，我有資格實現自己的夢想了嗎？」

「你的夢想是什麼？」John明知故問。

嚴歡輕笑一聲，「那還用說嗎？當然是站上世界最大的舞臺，和大家一起！」

嚴歡的夢想，從來都不是獨自一人踏上高峰。他知道，如果想要走到頂峰，只有自己是不夠的。

「從前都是他們在保護我，現在至少也讓我為他們做些什麼。」

他喃喃道，撫摸著手中的吉他。這是付聲留給他的唯一一件物品，是付聲曾經最喜愛的那把吉他。在他離開的那個夜晚，付聲將這把吉他留了下來。

嚴歡不知道這份饋贈意味著什麼，但是他相信，這絕對不是永別，而是有朝一日再相見！

呼吸著夜晚冰冷的空氣，嚴歡握緊吉他，至少，他又往前走近了一步。

「請問，你是……嚴歡先生嗎？」

正沉浸在思緒中的嚴歡嚇了一跳，立刻站直了身體。然後他看到一個人影從黑暗中走出，向著他走來。這是一個有著東方面孔的男人，更特別的是，他剛才說的是中文。

然而，這人接下來的一句話，連 **John** 都被嚇了一跳。

「果然沒錯，你就是以前悼亡者樂團的主唱嚴歡吧？」

「你、你知道悼亡者樂團？」嚴歡看著眼前的陌生人，「你知道我？」

來者微微一笑，遞出一張名片，「吃這行飯的，總要多關注國內的一些新鮮血脈。你好，我是胡克，來自嚎叫唱片的美國分部。很高興認識你，嚴先生。」

第一次被人這麼正式地稱呼，嚴歡呆了一下，才連忙接過他手中的名片。

「嚎叫唱片。」他微微吃驚，在美國混了快兩年的嚴歡，可不再是當年的那個菜鳥，「你是獨立廠牌的製作人？」

胡克笑道：「與其說是製作人，不如說是一名星探。」他說著，看向嚴歡的眼神別有深意。

「我們注意你很久了，嚴先生。事實證明，你是一位出色的搖滾樂手，要不要考慮和我們合作？」

嚴歡拿著那張名片，好半天反應不過來。

胡克皺眉，「嚴先生是懷疑我的身分嗎？」

「不、不，我是不敢相信，天底下竟然有這樣的好事掉到我面前。」嚴歡愣愣道，「這不是做夢吧？」

果然還是個年輕人。胡克輕笑一聲，「不，請相信你並不是在做夢。事實上，我們和 HOUSE 正在開展一個合作，而你，就是我們選中的候選人之一。那麼，請容許我再正式地詢問一遍。」

他看向嚴歡，認真道：「你願意與嚎叫唱片以及 HOUSE 兩個廠牌合作出個人專輯嗎，嚴先生？」

「……」

「嚴先生？你還好嗎？」

「不，我很好。」嚴歡忍住打自己兩巴掌醒神的舉動，正色道，「簡直是太好了。」

他悄悄地在身後握拳。

「我需要什麼時候去聯繫你們？」

胡克微笑道：「如果可以的話，明天我們就可以開始商談唱片的事情。當然，一切都要從頭開始。」

從頭開始，嚴歡現在最樂意聽的就是這個詞。

這幾年來他經歷的這一切，不都是為了這一句話嗎？從頭開始，將悼亡者重新聚合起來！而今晚，就是他踏出的第一步。

嚎叫唱片，國內知名廠牌，專門發行搖滾專輯，目前唯一一個走入國際市場的國內廠牌。

HOUSE，芝加哥獨立廠牌，從上世紀六〇年代開始就引領著美國搖滾潮流，在國際樂迷中享譽口碑。

而這兩家廠牌竟然要合作，還要為自己打造專輯？

嚴歡看著頭頂的夜空。

「沒有比這更好的夜晚了。」他笑了，緊抱著吉他。

終於看見，實現夢想的可能。

03

#Pray it out

流浪的夢

嚴歡坐在咖啡廳，手指不時觸碰著杯緣。

他現在非常緊張，比從前付聲帶他去見老爸還緊張。同樣的，對於嚴歡而言，今天的會面不比當日的重要性低。付聲和他父親的一番面談，讓他可以正大光明地走到搖滾路上。而今天的這番面談，則會決定他未來的命運，甚至是悼亡者的命運。

「抱歉，讓你久等了。」

就在嚴歡緊張地不斷用手指畫圈圈的時候，胡克終於來了。跟在他身後的，還有一個老外。

說實話，外國人在嚴歡眼中一直都長同個模樣，除了高矮胖瘦外，他很難分清他們的容貌。就連認識了幾年的貝維爾，嚴歡也感覺不出他哪裡帥，這個事實總讓貝維爾倍受打擊。

不過今天的這一位，似乎有些不一樣。

不是容貌，是氣質。在這個老外身上，嚴歡感覺到了一股屬於 John 那種獨特的氣質。自信，足以壓倒任何人的自信。這種自信沉澱為一種內在氣魄，讓任何人見到他的人都不由得為之側目。

一句話來說，就是氣場強大。

「讓我來介紹一下。諾曼先生，這位就是我看中的樂手嚴歡。嚴歡，這位是HOUSE的主要決策者，威布林·諾曼。」

嚴歡連忙伸出手，「你好，諾曼先生。」

「你好。」諾曼伸出手與他握了一下，聲音冷靜沉穩，看不出喜樂。

這人也是樂手。嚴歡在摸到他手上的老繭時就察覺出來了。不僅是樂手，應該還是個貝斯手。貝斯屬於指彈樂器，樂手的指尖也會產生老繭，這一點和吉他不太一樣。

一發現這個不愛說話的外國大叔是個貝斯手，嚴歡對他沉默寡言的氣質也就比較能理解了。最開始認識陽光的時候，他也很不愛說話。貝斯手大多數都挺沉默的，理解。

威布林發現意外的一點，這個年輕人對於他的冷漠，不像其他人一樣露出受打擊的失落或者是怒火，反而興致勃勃。這讓他對於這次見面，稍微多了一些期待。

希望有一個不同尋常的開始吧。威布林想，然後主動開始了面談。

「聽說你是來自中國的吉他手。」

「是的。」

「我知道在你們國家沒有多少人真正瞭解搖滾樂。那麼你以為你就真的瞭解搖滾嗎？而不是拿著麥克風裝一裝搖滾歌手？」

換做一般人被問這種話早就氣得火冒三丈了，這未免也太不尊重人了吧。但嚴歡哪裡是一般人，一聽到這個提問，他心裡就樂了。

「你簡直是問到我心坎裡了！諾曼先生。」嚴歡眨著眼睛道，「說實話，你說得挺對，我的國家確實算是個搖滾荒漠。但是就在這樣的搖滾荒漠裡，我卻遇到了我的團員，他們都熱愛搖滾，個個都是天才。正是因為有他們，我才走上了這條路。」

他笑道：「你若要問我搖滾是什麼？我回答不出來。曾經我認識的一個吉他手對我說，搖滾就是他的生命。而對我來說——」嚴歡頓了頓，「它是一個奇跡。

「化一切不可能為可能，讓夢想能夠變為現實。我不善言談，諾曼先生，但是我卻知道一點，搖滾，能讓一個平凡的人變得與眾不同。如果說出色的樂手能夠成為一顆閃亮的恆星，那麼，搖滾就是整個宇宙。

「它是開始，也是一切。」

搖滾是如同宇宙爆發般的奇跡，正是它，讓嚴歡重獲新生。每個人來到這世上都有自己的意義，以前的嚴歡就像是在泥垢裡掙扎的毛蟲，他找不到方向，不明白自己降生的使命，以為自己一輩子渾渾噩噩也就是條爬蟲。然而將搖滾帶給他的那個人，卻讓他化蛹成蝶。

這就是奇跡。

威布林靜靜地聽完。

「你愛它嗎？」

嚴歡笑了，腦中一瞬間閃過諸多畫面，最後，停留在付聲的面容上。

「是的。」他輕聲道，「我想我愛上了。」

從聽到吉他鳴奏的一瞬間，就已經命中註定。

這番面談持續了很長時間，嚴歡和威布林．諾曼相談甚歡，甚至出乎胡克的意料。

「希望下次在錄音室見到你的時候，你不會這麼狼狽。」離別之際，威布林笑著拍了拍嚴歡便離開了。

「很狼狽嗎？」嚴歡揪著自己的衣領，「這件衣服還是最新的，兩個月前才買的耶。」

胡克無奈，他此時心情複雜。看著穿著件樸素的T恤，渾然不知道威布林剛才那句話意味著什麼的嚴歡，他心裡哭笑不得。這個年輕人的確是值得打磨的原石，簡直超出他的想像。但是有些時候他也同樣太脫線，讓人無奈。

「你明白諾曼先生剛才的意思嗎？」胡克道，「他……」

「他答應幫我出唱片，我知道。」嚴歡抬起頭，微笑，「不是為了這個，我幹嘛坐在這裡呢？」

胡克吃驚地看著他，「你早就料到他會答應？」

這個威布林．諾曼，可不是那麼好搞定的人物。

「不。」嚴歡搖了搖頭，「我只是告訴自己，我必須要讓他答應。」年輕的眼裡，是孤注一擲的信念。除此之外，他想不到更好的途徑。

胡克很喜歡他的這種求勝欲，他喜歡有衝勁的人。

「好吧！既然你超乎我的想像，在這麼短的時間內就搞定了金主。那麼，我們也該開始準備正式的工作了。」

「什麼？」

胡克微笑道：「先簽約，然後，準備讓你震驚整個美國。」

嚴歡只是微微一愣，隨後和他擊掌，「沒問題！」

「喂喂，這麼有自信啊？」

「老胡，我都快二十了，老大不小了。」

「嗯？」

「這個時候再不紅，就沒有機會了。」

「哈哈，小鬼頭！」胡克笑著揉亂他的頭髮。

其實，嚴歡藏在心裡沒有說出的那句話是——即使他還能等，他心裡的那個人也等不及了。

現在的一分一秒，對於嚴歡來說都是煎熬。他迫不及待地想要獲得成功，然後衣錦返鄉，去告訴曾經讓他離開的那個傢伙。

看！即使沒有你的保護，我也能獲得成功。你不要再得意了！不要再自以為是，天塌下總是要自己一個人頂著，你也沒什麼了不起的嘛。

所以，讓我來保護你吧。

我們再一起重組樂團，好嗎？

好嗎，好嗎！

喂，付聲！

芝加哥某間錄音室內，一群專業人士在各自的崗位上忙碌著。作為世界流行音樂的中心，美國有著最頂級的錄音室。其中，位於芝加哥的ＮＳ錄音室，更是具備堪稱世界首屈一指的設備。一流的錄音設備，頂級的專業人才，還有貼身打造的歌曲設計，這些嚴歡全部都——享受不到。

作為一個旅美的外籍人士，在沒有龐大財力的支持下，他能夠進一家普通的錄音室試唱已經算是難得，更不用提那些超一流的配置。不過嚴歡顯然也沒有那麼大的野心，能夠真正參與一次專業錄音，對於他來說已經是職涯上的突破了。

不過就在錄音的過程中，他卻和兩家廠牌派來的管理層發生了一些小摩擦。

「為什麼不能有中文歌？」嚴歡據理力爭，「我是一位中國樂手，難道專輯裡不該有中文歌曲嗎？」

與他爭執的是負責歌曲內容的製作人，這位已經有了幾十年錄製經驗的大叔苦口婆心道：「你要明白這裡是美國，世界搖滾的中心。在這裡，百分之九十的樂團都必須用英文進行創作，這是最基本的要求。」

「但我……」

「你是一名中國人，這我們都知道。不可否認中國是一個大市場，但是在搖滾方面，嚴，你要看清事實。整個美國的搖滾市場是你們國家的十倍之大還有餘。」

製作人道：「從上世紀五六零年代開始，美國就已經盛行搖滾。而中國，據我所知在八零年代才開始出現搖滾樂團，更是一度出現搖滾樂手被封殺的局面。雖然現在它已經是個開放的國度，但是我還是不贊成你的首張專輯採用中文歌曲。」

嚴歡有些氣餒。

製作人見他已經有些妥協，再接再厲道：「我們首先要在美國為你打開市場，在你有了一定的名氣後，就可以利用這些名氣撕開中國的市場入口。到時候，就可以盡情地使用你的中文原創歌曲。而且，難得你的英式英語這麼標準，不唱英文搖滾豈不可惜？」

沒想到當初跟 **John** 學英語，竟然還產生了這麼一個副產品。

嚴歡嘆氣，只能妥協：「一首也不行嗎？」

製作人見他服從，連忙安慰道：「等首輯成績出來以後，你想唱幾首中文歌都可以。現在，我們還是專心眼下的問題吧。」

在與兩家廠牌確定合作細節後，嚴歡迅速與他們簽下製作專輯的合約。錄音與宣傳方面由 **HOUSE** 負責，而國內宣傳則是由嚎叫唱片負責。兩家都不是大廠牌，他們能提供給嚴歡的資源有限，只有十萬美金的製作資金，簡直可以說是捉襟見肘。而且合約裡還約定，只有當首張專輯銷量超過五萬張，對方才會考慮繼續為嚴歡打造下一張專輯的事宜。

所以這既是一次機會，也是一場考驗。

每年，甚至是每天，都有無數張獨立專輯在美國上市。它們有的是走正規管道，有的是私人自製，但是同樣帶來數以千計的歌曲湧向這個龐大的搖滾市場。嚴歡要在這麼多競爭對手中奪得一席之地，壓力不可謂不小。想要爭奪目光，想要一炮而紅，第一張專輯就必須精益求精。但是在只有十萬資金的情況下，硬體設備不可能太出色，那麼就只能靠嚴歡自身的實力了。

這一段時期以來，嚴歡幾乎是通宵地在練歌練吉他，連掛牌學校的課程都請了長假，他已經分身乏術了。

最後與製作人商量定下了最終曲目，基本上都是嚴歡的自創曲，擁有完整獨立的版權，分別是：《奔跑》、《今天吧》、《不願獨行》。當然都是英譯版本，再加上一首由 HOUSE 提供的原創英文歌曲——《Nightingale》，一共是四首歌。

最後，專輯定下的名字是《Little Prince》，用聖修伯里的名作為專輯命名，也暗喻著嚴歡和悼亡者如今的處境。嚴歡很喜歡這個名字。

這章專輯並沒有拍攝MV，只有封面設計。黑白色調的封面上印著一個青年，陽光從他的臉側灑下，柔和了一圈陰影。青年雙手交叉在胸前，手指緊握，彷彿被捆縛在囚籠中，露出掙扎痛苦的表情。而在那微微睜開的眼眸裡，則倒映著一雙飛翔的潔白羽翼。

整個畫面只有黑白兩色，給人強烈的視覺衝擊。

這張專輯是在耶誕前夜進入市場，那一天，嚴歡剛剛過了二十歲的生日。他啃著一塊蛋糕，頂著漫天的飛雪，迫不及待地跑出去視察行情。然而，跑了一家又一家的賣場，他並沒有看到自己的《小王子》，暢銷榜上始終是那些大製作大牌歌手的專輯。最後，嚴歡還是在一間不起眼的小影音店找到了自己的專輯。

他去的時候，老闆剛剛將新出的貨品上架。在陳列新專輯的那一排架子上貼著一些小紙條，那都是老闆自己對這些專輯的評價。不要小看這些評價，這些影音店老闆也都是專業人士，他們對新專輯的評判往往會影響顧客的第一印象。

這也是專輯上市的第一個關卡，很多時候一張新專輯的成敗與生死，就被這三言兩語左右。

嚴歡搓著被凍紅的手，看著老闆上架新貨。過了片刻，他才小心翼翼地走到自己的專輯前，去看貼在前面的那張小紙條。

「製作粗糙，歌手技巧生嫩，雖然有一些亮點，但是整張專輯水準並不算高。評價：五分。」

短短幾句，卻字字如刀。

那一瞬間，好像有一股悶氣堵在胸口。嚴歡悶得難受，只覺得都無法喘過氣來。果然這個世界太大，而他又太渺小！之前那些夢想都太過狂妄了嗎？

「歡……」John顯然也看到了。

眼角泛紅，嚴歡用力吸鼻子，強顏歡笑道，「沒事，我之前被付聲打擊得還少嗎？不就是一點挫折，我還承受得住。不過就是讓胡克他們失望了，看來肯定是不能大賣了。

「大不了從頭開始，我還年輕不是嗎？John你那是什麼語氣？我都不難過，你這麼低落幹嘛？這不是皇帝不急、急死太監嗎？」嚴歡笑道，「結果看到了，肚子也餓了，回去吃飯吧。」

嚴歡離開影音店，踏進風雪中，他孤獨的身影在滿街歡樂幸福的人群中顯得格格不入，逐漸消失在街道盡頭。

就在他離開之後，影音店老闆檢查貨架的新專輯時，突然一拍腦袋：「搞什麼，怎麼放錯標籤了？」

接著，他撕下兩張小紙條，將它們互換了位置。而貼在嚴歡的《小王子》前面的那張新紙條，寫著這樣的評價。

「十分出色的歌聲，扣入靈魂的旋律，讓我想到上世紀的那些搖滾歌手們。這是一張好專輯，也是一位好樂手，也許「小王子」會帶給我們一個新時代。評價：八分。」

一場烏龍，嚴歡還不自知，而 **John** 則是獨自納悶。

「不應該啊，怎麼評價會那麼低。」John 鬱悶道，「難道幾十年過去，人們的喜好已經天差地別？」

這個耶誕前夜，嚴歡在一場意外的驚嚇中度過，而迎接他的耶誕節，註定會帶來一場出乎意料的驚喜。

一場席捲搖滾的旋風，即將登陸北美。

「啊、啊啾！」

揉了揉鼻子，傑克打了個大大的噴嚏。

今早出門的時候他就一直在打噴嚏，一路上就沒停過。他用手搓了搓鼻尖，尋思著難不成是有人對自己相思成狂，還是說這是要發生什麼好事的徵兆？總覺得，這不是平靜的一天。

他邁步走進公共教室，看到幾個伙伴早已經等在那裡。

「早啊，伙計們！」傑克高興地和他們打招呼，但是卻被忽視了。他那幾個朋友聚在一起竊竊私語著什麼，完全沒有注意到他的到來。

「你們在幹什麼？」

傑克湊上去，發現其中一人正拿著張ＣＤ，而其他人好像就是在討論這個ＣＤ。這一群人有男有女，都是有著共同愛好的一群朋友。沒錯，他們是一群搖滾發燒友，而傑克也是其中一員。

一看到這種熱烈討論的氣氛，傑克就明白過來了，眼前一亮道：「又出新專輯了？是哪個樂團的，黑鋒？酷玩？」他興沖沖地擠進人群的最中間，還把幾個女孩擠到了一邊，惹得她們一陣白眼。

「哦，傑克！你終於來了。」一個高高壯壯的大塊頭看見他，打招呼道，「快來聽聽這新歌，要我說，這個樂手簡直棒極了！還是你們亞洲人呢！」

亞洲樂團？傑克更感新奇，平時能得到這群伙伴真心稱讚的亞洲樂團可不多，大概是因為文化原因，這些歐美的搖滾樂迷總是更偏向本地樂團。今天竟然有一支亞洲樂團能讓他們如此稱道，傑克頓時覺得與有榮焉，拿起一個耳機就塞到耳朵裡。

隱隱的樂聲中，一個青年沙啞清澈的聲線傳入耳膜，宛如一陣重擊，瞬間讓傑克僵住了。

看見他這個模樣，其他幾個伙伴呵呵笑道：「很棒吧！真夠味，簡直像在大腦裡放了一臺音響超高音質地循環播放！我當時就被這個旋律鎮住了！」

「這個歌手的聲音可真性感。」有女孩陶醉道。

「不，我覺得旋律更有味道，作曲的一定是個有故事的男人。」

幾人唧唧喳喳地討論起來，立刻就將傑克拋之腦後。不過最後，這群人還是得出了一致結論。無論打動他們的究竟是歌聲還是旋律，不可否認的是，這確實是首好歌！

這是一張十分出色的搖滾專輯。

「從我小時候聽到滾石的專輯以來，還是第一次有這種感覺。」最初和傑克打招呼的那個男生道，「好像整顆心臟都燃燒起來了，太棒了！」

而就在他們的交談中，傑克也完整地聽完了一首曲子。確實，這是非常出色的歌曲，可以觸動人的靈魂。然而讓傑克更加在意的，卻是歌手的聲線。

那熟悉的嗓音，那習慣的發音語氣，都讓他一瞬間想起了一個故人。會是他嗎？不不不，不可能吧，當時的他還是個初學者，是個什麼都不懂的傢伙，怎麼可能三年不見竟然出了英文專輯！

一定是他幻聽了！雖然心裡這麼告誡自己，傑克還是忍不住用顫抖的語調問道：「封面呢？CD封面上有歌手和樂團的介紹嗎？」

「有啊。」一人把CD殼遞給他。

傑克一把搶過來，首先映入他眼簾的就是封面上那張黑白人物照。雖然只是側臉，雖然幾年不見改變了許多，但是傑克還是一眼就認出來——

這是嚴歡！當初和他一同組成樂團，一起參加比賽的嚴歡！

他好像變了，幾年不見變得成熟許多。頭髮短了，人也顯得更加瘦削，看起來不再是個少年，而是能獨當一面的青年了。但是同時，傑克也發現嚴歡眼中缺少了一些什麼。當年那個天真熱情、一往無前的少年，現在卻好像背著沉重的負擔，他的眼神裡有著太多東西，多到傑克不忍心去看懂。

許久，輕輕撫上封面，傑克——于成功的手微微顫抖。這麼多年，究竟是經歷了哪些事，才讓當初那個笑起來總是帶著頑皮的朋友，變成了如今這副模樣。

雖然他更沉穩了，也變得成熟英俊，但是于成功知道在這些成長背後，一定有許多不為人知的痛苦。

那個以前總是站在他背後、需要他保護的嚴歡，已經不在了。他背著于成功留給他的吉他，走上了更遙遠的道路。一時間諸多心緒湧上心頭，于成功喉頭哽咽，倒是不知道該說什麼好。突然，他猛地一拍腦袋。

「這張專輯你們是在哪裡買的？」于成功問，「還有沒有存貨！」

「哈哈，你也想買是不是？」他朋友道，「告訴你，現在我們這邊還沒有進貨！這是我網購的！聽說是一個禮拜前在美國芝加哥剛剛發售的專輯，現在店裡的現貨已經兜售一空，我這份還是好不容易搶到的。」

美國……

于成功一愣，那可是隔著遙遠距離的美國啊，僅僅一週的時間，嚴歡的專輯就從北美漂洋過海來到了歐洲，還得到這麼多人的認同，這簡直就是奇跡。但是于成功關心的是另外一些問題：嚴歡是怎麼跑到美國去的？他一個人去的嗎？他後來的那些樂團伙伴呢？

由於身在國外消息滯塞，他只能打聽到嚴歡後來又進了一支樂團，對於後續發展卻是毫無所知。于成功知道，嚴歡隻身一人跑到國外，絕對是發生了什麼事情。

他腦中尋思著，這個假日要不要抽空回國一趟呢？去問問認識嚴歡的朋友，這幾年他究竟發生了什麼事。

就在專輯風波席捲到另一個大陸的時候，當事人嚴歡自己還有些懵懵懂懂。

「完、完售？」

他聽著胡克彙報的成績，有些不敢置信：「你確定？」

胡克笑道：「當然！很多家店都來問我們有沒有存貨？不過很可惜，發售的時候出於謹慎考慮，第一批我們只發行了五千張ＣＤ。」說到這裡他臉色一沉，哼哼道，「都是策畫部的那群傢伙，我說直接出一萬張他們不答應，這下後悔了吧。」

嚴歡覺得一切恍如在夢中，那天他看到的評語難道是假的嗎？怎麼大家一下子都這麼喜歡他的專輯了呢？不過，即使是處於這樣的狂喜中，他還是保持著一份冷靜。心裡有個聲音在說：這樣的成功才是應該的！悼亡者的歌，絕對配得上最優秀的成績！

與付聲一起編曲，與向寬、陽光一起彈奏的歌，能夠獲得這麼多的認同。嚴歡心裡高興之餘，也覺得有些心酸。在這種時候他才明白，成功有時候也是一種失落，因為該陪伴你的人都不在身邊。

「不過，不要高興得太早，這只是第一階段的成功。」胡克鄭重提醒他，「接下來，要想讓你真正博得名氣，還需要看各大排行榜的排名。」

一張專輯、一首好歌，不僅需要樂迷的喜愛，更需要業內人士的認同。而排行榜，就是ＤＪ和樂評家們評價歌曲的重要載體。不過要想在排行榜上獲得名次，可不像發售專輯那麼簡單，它綜合了諸多因素——歌手的名氣、發行公司、樂評家的主觀態度，有時候甚至還有政治因素。在這裡面，實力能夠起到的作用卻是最小的。

嚴歡初來乍到，要想在這潭深水中撈上一筆，難比登天。

「做好心理準備。」胡克道，「接下來有得你忙了。」

嚴歡看著他，認真地道：「我早已做好一切準備了。」

專輯發售兩週後，《小王子》席捲更多歐美國家的搖滾市場，也開始在一些小型排行榜上初露崢嶸。而等這個消息傳到國內，卻已經是一個多月之後了。

直到來年春天，國內的搖滾樂團和樂迷們，才得知竟然有一個名不見經傳的國內樂手在北美出道發售專輯。

這個神奇的傢伙，叫做嚴歡。

「你說什麼？」

嚴歡雙眼瞪大，質問著眼前那人。

對方被他看得退了一步，有些驚嚇。

「剛才說的話再說一遍！」嚴歡站起身，緊緊抓住他的手臂，「再說一遍！」

「我……國內有樂手因為幫忙販毒和吸毒，進監獄了。」被他抓住的人臉色蒼白，被嚴歡猙獰的表情嚇到了，「我都說了，你放、放手！」

「那人是誰？」

「什麼？」

「我再問你一遍，那人的名字！被抓進去的那個樂手！」

「好像叫什麼付、付聲來著，對了，就叫付聲！」

「匡噹」一聲，手中的吉他砸在地上，發出令人心疼的重響。然而嚴歡卻一點都沒察覺，他只覺得呼吸都快停止，空氣火辣辣地從氣管內鑽了進來。

「嚴歡，嚴歡！」

周圍響起模糊的喊聲，嚴歡已經什麼都聽不見了。

一天前，國內。

付聲剛剛交了最後一批貨，靠在陰暗的小巷內，看著漆黑的天空。雲層很厚，沒有露出一顆星星。他丟下菸頭，心想國外的天空是不是也如此呢？黑暗無光，好像永遠不會有天明。不過想了想，他自嘲地笑了。

那邊和這裡不一樣，那個人也和自己不一樣，他在國外，應該能過得更好。

「喂，小子。」

後面有人走了過來，是個籍籍無名的樂手，在圈子裡這種人不少，大多數人都過得不怎麼樣，但是這個卻不同，他穿金戴銀，左擁右抱，過得很是愜意。

付聲知道他是從哪裡撈錢的，因為他自己也在幹這種勾當。

「剛才那批貨你賺了多少？」滿臉鬍渣的男人挑釁地看著他，「年輕人，知不知道吃獨食不是一件好事，啊？」

付聲看都沒看他一眼。

「喂！我說你呢！你這傢伙！」後面的男人忍不住一把拉住他，「別以為在圈內有點名氣你就是天王老子！告訴你，走上了這條路，你就什麼都不是！你還敢跟我擺譜，你——！」

「在這裡！」

小巷對面突然竄出一個人來，指著他們兩個。

「就是他們，抓到了！」

「不許動！」

一瞬間，一大堆明亮的光線照進來，迷亂人眼。

付聲和他身後的人都被強力壓制在牆上，臉貼在粗糙的牆面上。被拷上冰冷手銬的那一刻，他心裡什麼都沒有想，只是來得及最後看一眼頭頂的夜空，便被押上了警車。

這個夜晚，沒有星星。

嚴歡得到消息的時候已經是一天後了。

當時他正在和嚎叫唱片商量國內宣傳的事情，卻突然聽到門外工作人員的議論聲。不知為何，有一瞬間他的心停跳了一下，然後在聽到是濱海市逮捕了幾個參與販毒的搖滾樂手後，嚴歡就再也坐不住了。

當得知付聲被抓的消息，他再次撥通那個已經有一年多沒有撥的號碼，然而對面卻傳來一陣忙音。

「對不起，您所撥打的號碼是空號……」

嚴歡愣愣地聽著這個聲音，好半晌回不過神來。

「你怎麼了？」

剛才被他勒著脖子的工作人員提心吊膽地看著嚴歡，在看清他的表情時十分驚訝：「你、你幹嘛哭了？我沒對你做什麼吧！喂喂！」

哭？

這個詞多久沒聽到了，上次流淚又是在什麼時候？

嚴歡看著手機，大腦一片空白。此時此刻，全世界都被他拋在腦後，心裡只有那個人的名字。

付聲，如果你早知道有這一天，會不會後悔！

後悔當日攬下一切，後悔放我離開，後悔因愛上搖滾而陷入這片沼澤！

嚴歡無法見到付聲，但是，還是能猜到他的回答。

那個人什麼都不會說，從始至終，他都只會用行動來表達自己。有些事物，一旦愛上，便沒有回頭路。

比如搖滾，比如某個人。

根本沒有人攔得住嚴歡，聽到付聲被捕的消息後，他立刻就拋下手中的所有工作，準備趕回國內。所有人的勸阻都沒有效果，最後在即將登上飛機回國前，胡克丟下一句話給他：

「你想前功盡棄，浪費付聲為你付出的一切，你就回去吧！」

就這一句話，讓嚴歡義無反顧的腳步，第一次出現了停頓。

「你……」他轉身看向胡克，「你知道付聲？」

胡克苦笑，「誰會不知道他？國內脾氣最大的吉他手，竟然和一個毛頭小子組成了樂團，幾年前，這個新聞可是轟動圈內。你們悼亡者在國內弄出那麼大的動靜，我想要裝作聽不見也不可能啊。」

嚴歡皺眉，「你認識付聲，也認識我。那為什麼第一次見面的時候，要裝作不認識？」

「你也說了是第一次見面。如果一個初次見面的人，就表現得過於熱情，還對你所有的事情無所不知。你會怎麼看？」胡克道，「我當時只是想獲取你的信任，才裝作不認識你。這麼長時間合作下來，你也應該知道，我並沒有打算對你不利。」

「你阻止我回去救付聲！」

對於嚴歡的指控，胡克先是苦笑，隨即冷下一張臉。

「你也好意思說是救?!你拿什麼救他？你是認識哪個高官知道內幕，還是擁有滔天的權利可以藐視法律？」胡克高聲道，「付聲因為販毒被逮捕，這是人贓俱獲的犯罪。你這個一無權二無勢的小子還想回去救他？你是想劫獄不成？」

嚴歡還是不甘心，「那總比白白待在這裡好！在這裡，我什麼都做不了！」

「什麼都做不了？」胡克氣得發抖，一把將一張專輯扔到他面前，「那這是什麼？我們一群人忙得天昏地暗，好不容易趕制出來的這些又是什麼？你以為只要你隨隨便便一張口，專輯就從天上掉下來了？你以為沒有行銷人員幫你事先鋪好關係，這麼容易就能上市嗎？

「還是你以為，只是成功賣出了第一張專輯，你就已經是天王老子、大牌巨星，可以將付聲不惜一切將你送來的努力，親自付諸一炬！」

嚴歡被罵得愣住，然而聽見最後一句話後，瞬間上前抓住胡克的衣領。

「你果然知道事情的內幕！」他抓著胡克的領子，「付聲究竟是怎麼出事的，為什麼要把我趕到國外，你都知道是不是！」

果然是個愣頭青。被嚴歡抓著衣領的胡克無言了，勉強扯回自己的領子。

「你不是要回國嗎？回國啊，問這麼多幹嘛！到時候去看守所探望付聲，看他肯不肯見你！」

嚴歡沉默了。許久，出聲道：「他知道我在國外？」

自從那個雪夜以後，嚴歡就再也沒有付聲他們的消息。想要打聽伙伴們的資訊，卻是四處無門，此時，他才從胡克的話中聽出一些端倪。

似乎，他的出國並不是藍翔的好心安排，付聲也有份。那麼，事情的真相究竟是什麼？

胡克看了這消沉下來的小子，嘆氣。

「我只知道，他此時絕不希望你回國去蹚一灘渾水，嚴歡。」胡克看向嚴歡手邊的吉他，「從把這個留給你的那一刻，付聲就把他的搖滾夢寄託在你身上了。」

他拍著嚴歡的肩膀，語重心長道：「留下吧。不要讓付聲的夢，就這麼碎了。」

從頭到尾，這一句話最直擊嚴歡的心扉。他猛地抬起頭來，眼角已經泛起淚水。

那個倔強的吉他手，那個將搖滾當成生命的吉他手。那個總是站在他面前，為他擋下一切風雨的付聲。他的搖滾夢想，不能碎！

最終嚴歡還是留了下來，沒有踏上回國的班機。他和胡克走出機場，沉默地看著頭頂上升空的一架客機。

「遲早會回去。」一直沒出聲的 John，此時淡淡道，「**等你累積夠了力量，就回去吧。**」

聽見這句話的嚴歡一下子挺直了背脊，他沒有說一句話，只是緊緊背著付聲的吉他，走向了外面寬敞的街道。

付聲的搖滾之夢不會碎！因為他要親自，替付聲實現這個夢想。

兩個月後，嚴歡在美國發行第二張專輯——

《夢》

夢啊，魂歸的地方。
我無時無刻，思念的故鄉。
它遠在天涯，又近在咫尺，
只能在夜晚擁抱念想。
唱啊，撥動的吉他。
你聲嘶力竭，留下的希望。
它旋律飛揚，卻寂寞流浪，
是心裡最深的一道傷。
啊，夢想，一個最暖的懷抱，
永遠不忘的歌唱！
啊，夢想，一個最冷的拒絕，
放縱無聲的流亡。
誰聽見，誰可聞，誰明白，
夢中彈奏的曲，如今無人來唱。

誰聽見，誰可聞，誰明白，
那小小的夢想，它流浪在路上。

04

#Pray it out

重逢

一名外國樂手要想在搖滾王國美國發展，絕對不是一件簡單的事情！

尤其他還是單槍匹馬一個人，沒有樂團的支援。

當然，也有在美國竄紅的外國樂團，但那大多數是歐洲樂團，亞洲樂手要想在白人與黑人占據統治地位的搖滾樂壇闖出一片天地，簡直就是難上加難。

早幾年有幾支還算成功的亞洲樂團，不過都是特殊案例。比如，一支蒙古樂團曾經火紅了一段時間，但是歐美人喜歡的是他們的民族特色，這支樂團的音樂本身卻並非那麼主流。比如，八九〇年代，中國樂團也曾在歐美引起過一陣波瀾。但是究其原因，是當時外界對於尚封閉的這個國家的好奇，出名的搖滾樂曲也基本都是一些反共產黨、反國家的內容。為此，當時的某位樂手——國內的搖滾之父，還因此遭到封殺，終身不得再上國內任何一家媒體。

而到了新時期，一名亞洲樂手要想在歐美闖出名堂來，就更加難上加難。雖然已經有日本樂團在前面開路，但是對於嚴歡來說，這仍然不是一件容易的事情。

歧視，在一個仍舊以白皮膚為主的行業裡，它隱藏在每一個角落。有時候它並不是某種明顯的厭惡或者拒絕，單單是提及一個亞洲樂手時所表現出來的詫異，那就隱隱顯現出這個搖滾王國對於外來者的排斥。

嚴歡的第二張專輯，就遭遇了這種門檻。他的音樂被人質疑了。有樂評家聲稱，雖然搖滾是年輕人的吶喊，但是這位亞洲樂手卻總是在表達這一種孤獨的情緒，這不得不讓人懷疑他是否江郎才盡。

也有人稱，排行榜上居高不下的排名，僅僅是大家對於樂手的好奇，並不意味著對音樂本身的認可。君不見，當年PSY的音樂還總是占據各大排行榜，但是誰都不會認為它有任何藝術價值。

嚴歡的問題就是，他的音樂雖然在樂迷中獲得了一定口碑，卻沒有得到任何一個專業樂評家的認可。

「這也不是一件壞事。」胡克拍著他的肩膀道，「最起碼這表示那些人已經開始注意到你了。要讓這些老頑固改變一直以來的想法，可不是那麼容易的。」

出身亞洲的樂手很難在歐美樂壇真正的大紅大紫，歐美的音樂可以輕而易舉在亞洲引起波瀾，但是亞洲的音樂卻很難打進歐美。因為這群自視甚高的傢伙，認為自己已經足夠好了。

「他們是在嫉妒。」胡克說，「這正是害怕你搶奪了他們的席位，所以才紛紛出口攻擊你。這是一種畏懼的表現，你不用在意。」

雖然周圍的人都這麼安慰，專輯的銷售量也沒有因此減少，但嚴歡心底總是不踏實。他想要獲得更多的認可，不僅僅是普通樂迷的，也包括這些頑固的樂評家！

「你問我有什麼辦法？」胡克聽到他的疑問，皺眉，「這可就難了。一般而言，高貴的樂評家為了顯示自己的品位，越是受大眾歡迎的歌曲就越是要挑剔，以此來顯示自己與眾不同的觀點。所以要打動他們，比打動樂迷難多了。除非……」

「除非什麼？」嚴歡問。

「除非，在這場戰爭中，你能獲得壓倒性的勝利。」胡克道，「再孤傲的樂評家，也不能將自己和大眾完全切割。如果你能在一百個樂迷中獲得八十個人的認可。那麼，樂評家也不能再拿你來說什麼閒話。除非他不想混了，完全將自己歸入到異類當中。」

百分之八十的認可！

這個和獲得百分之五十的人的認可，完全是天差地別。別小看這幾十的比例，但是在樂迷中，往往就是有那麼一部分人，他們會各種挑剔歌曲，也會聽信讒言拒絕去聽一首歌，從一開始就先入為主地否定。所以，想要獲得這麼高的支持率，只有一個辦法。

「全美巡演。」胡克興奮道，「只有你轉遍了整個美國，讓所有樂迷都親耳聽到你的歌聲，才能徹底說服他們！」

他手舞足蹈，顯然沉浸在一種興奮的情緒中，「我怎麼沒有想到呢？完全可以！我這就去和 HOUSE 的人商議，讓他們來幫你辦這件事！」

「等、等等……」嚴歡伸出手，還來不及說一句話，胡克就已經跑得沒影了。

「他就這麼相信我？」嚴歡啞然，「我還沒說什麼呢，就讓我去全美巡演？」

John 道：「你不是和貝維爾他們巡演過一次嗎？有什麼了不起？」

「那不一樣，那次我只是打醬油的！」嚴歡抗議道，「而這次我是主角，所有人的目光都將盯著我一個人。如果有什麼差錯，就全都毀了！」

「你壓力太大了，歡。」John 安慰他，「你應該相信自己的實力。而且錯過了一這次，你就不知道什麼時候還有這麼好的機會。」

出人頭地，實現悼亡者的夢想——這是最接近夢想的一次了。

嚴歡沒有再出聲，之後胡克回來告訴他已經安排好了巡演的計畫，他的回應就是加倍訓練，除了吃飯睡覺，就是泡在練習室。這又讓其他人擔憂起來。

「你瘦了很多。」胡克道，「我知道你緊張，但是再這麼累下去，你會支撐不到巡演結束。」

就連 HOUSE 的諾曼先生也過來勸解嚴歡。

「我不知道你在焦躁什麼。」這位打造了無數巨星的幕後推手道，「但是我知道你們中國有一句諺語，心急吃不了熱豆腐。不要讓自己毀在一切開始之前。」

但是，他們的勸解似乎都沒有效果。

悼亡者的重擔都在自己身上，付聲的夢想在自己身上，一旦失敗就全都完蛋了！背負著巨大的心理壓力，其後果就是適得其反。嚴歡的練習越來越糟，表現還沒有之前好。最後，胡克強制讓他放一個禮拜的假！

「你的任務就是休息，不准再摸吉他！」

被沒收了吉他，並且被禁止出入練習室，嚴歡只能像幽靈一樣在芝加哥的街頭遊蕩。他每天一大早就起床，有時候會在廣場坐一整個下午，看著來來往往的路人，卻不說一句話。

John 從始至終都沒有開導過他，因為他知道，有些事情只能讓嚴歡自己去想通。

這天，又在外面晃蕩了整個下午，嚴歡剛回到家就接到胡克的一通神祕電話。

「我有一個禮物給你！」電話裡，胡克顯得神祕兮兮，「保證能調解好你糟糕的心情，快點過來！」

嚴歡掛斷電話，就向事務所走去。

其實他對這些所謂的驚喜根本不抱期望，兩天前胡克就開始策劃這些所謂的驚喜活動，但事實證明，嚴歡對他的禮物完全免疫。無論是身材妖嬈的美女，還是迪士尼樂園的門票，或者是傳奇樂團的簽名專輯，這些都無法打動嚴歡。

用旁人的話來說，嚴歡現在就像是一個苦修士，除了心中的神——搖滾，他心裡已經裝不下任何事物了。

來到胡克的辦公室，奇怪的是他本人並不在這裡。嚴歡在會客的沙發上坐了片刻，就實在忍不住睏倦地開始打瞌睡，他已經連續失眠了好幾天了。

半夢半醒之間，他聽見開門的聲音。

是胡克進來了？

他想要睜眼，卻被人一下子遮住了眼睛。

「猜猜我是誰？」來人捂住他的眼，玩著一個幼稚的遊戲。

然而，嚴歡一聽見這個聲音就僵住了。他半天沒說話，室內只有兩人的呼吸聲。

進門的人正以為是不是自己哪裡搞砸了，卻突然感覺到掌心一片溼意。接著，他看見這個已經二十歲的青年，像個小孩一樣大聲哭了起來。嚇得他連忙鬆開手，慌張得手足失措。

「你怎麼哭了！是不是誰欺負你？我去幫你報仇！」他捲起袖子正要起身離開，卻被身後的人緊緊地抱住了腰。

嚴歡抱著他，像是一隻雛鳥一樣瑟瑟發抖，卻只是默默哭泣，沒有說一句話。

看著他這副模樣，來者漸漸安靜下來，他回摟住嚴歡的肩膀。

許久，那人道：「對不起，讓你一個人這麼寂寞。」

那人抱著他，像安慰孩子一樣拍著他的肩膀。

這兩年來一直偽裝的堅強，終於在此刻悄然破碎！嚴歡擦乾眼淚，看著很久不見，變得滿臉鬍渣的鼓手。他摸著鼓手滿是老繭的雙手，又哭又笑。

最後，他狠狠咬牙道：「既然回來了，不准再丟下我！」

向寬哈哈一笑，用一臉的鬍渣去蹭他。

「不然你以為我來幹嘛的？你這個臭小子，幾年不見，脾氣越來越大了啊！」

嚴歡緊緊握著他的手，感覺一直乾枯的心總算是被浸潤了一些。他的伙伴，回來了。

不再是一個人奮鬥，真好。

「你最近跟他們都沒有聯絡？」

聽見嚴歡這麼問，向寬捻熄了手中的菸，道：「事實上從那天以後，我也無法聯絡上他們兩個。」

「那天究竟是怎麼回事？」嚴歡追問。

向寬沉默幾秒，終於還是緩緩道出真相。

在那次音樂節，其實悼亡者早就被人盯上了。或者說在麗江的時候，就有一雙躲藏在黑暗中的眼睛一直窺視著他們。

「陽光離團以後一直隱姓埋名，不斷換地方打工，就是為了要躲一個人。這個人你也能猜到，就是劉正。」向寬道，「而那次音樂節，其實不只是我們在等陽光出現，劉正也在舞臺附近安排了人手，準備一等陽光出現，就立即將他帶走。」

嚴歡臉色一變。

那次濱海音樂節，他費盡心思期待陽光能到現場，沒想到這其中竟然還有這樣一個陰謀。他隨即想到什麼，臉色難看地說：「難道陽光被抓住了……是因為他去看了我們的演出……是因為我。」

向寬連忙安慰他：「不，不關你的事！畢竟去不去是陽光事前就做好的決定，和你那天的表演沒有關係。而且，劉正也不僅僅是為陽光而來。」

「什麼？」

向寬的臉色變得沉重。「其實劉正他們早就預料到陽光會去看我們的演出，卻沒有先一步將他劫走，而是在我們演出結束後才動手。這是為什麼？他就是想把事情鬧大讓我們發現，然後引誘我們去救陽光。付聲他……明知道這是陷阱，但還是去了。我因為不放心，所以跟在他身邊。後來……」他頓了一頓，「後來付聲答應了劉正的條件，我就被放回來了，但之後卻一直聯繫不到他們兩個。」

付聲答應了劉正什麼條件？嚴歡到現在哪還能不知道，想起聽到付聲被抓時的震驚與心痛，他胸中的怒火就無法熄滅。

「所以就去幫他販毒！」嚴歡雙手握拳，忍不住大聲道，「這種事能做嗎？能做嗎！什麼辦法想不到，卻偏偏要用最絕的方法！還瞞著我，他以為這樣我就能開心？他以為……我在外面獲得再多人的認可，我就真的開心了？你們一個都不在，我要那些榮譽有什麼用？有什麼用！」

他頹靡地坐下，雙手捂住眼睛。「我的夢想，是和你們一起去世界最大的舞臺啊！不是我一個人去！」

「嚴歡……」向寬拉著他的肩膀，嚴歡卻死死地捂住臉，怎麼都不肯鬆手。像是在最初見面的那次嚎啕大哭之後，他就再也不願意讓向寬看見自己脆弱的一面。拿他沒有辦法，向寬只能在他身邊坐下。

「其實我最開始也很不理解付聲的做法。哪怕去報警，都比向劉正妥協好。但是後來我仔細想了想，要想真的解決這件事並且不連累到陽光，恐怕這是付聲當時能想到的最好方法。」

看見嚴歡抬起頭來看自己，向寬繼續說下去。

「我不知道陽光為什麼要一直躲著劉正，但他肯定是有把柄在劉正手裡。即使這一次我們報了警，可是我們用什麼理由報警？非法拘禁，那能關劉正多久？他隨時可以找個人頂罪，也會因此更加記恨我們。唯一的方法，就是找出陽光在他手中的把柄，並且反抓住劉正的把柄，將他一招擊斃。」向寬道，「而且我猜，這一次付聲被捕，也許早在他本人的計算之中。」

「你的意思是，付聲是故意被抓的？」

「我不確定。」向寬搖了搖頭，「但是我來這裡，不僅是為了和你談論這些事。畢竟發生的事情就是發生了，我們應該向前看。既然付聲已經做了這麼大的犧牲，那麼有沒有什麼是我們可以做的？嚴歡，我就是為這而來。」他抓住嚴歡的雙肩，眼睛中放出光芒。

「我就是為這而來！嚴歡，應該有什麼事，是我們也能做的！」向寬道，「既然付聲犧牲了他的夢想，那我們就要替他締造夢想。創造一個舞臺吧，嚴歡！創造一個足夠大足夠高的舞臺，讓付聲回來之後，可以用最奪目的方式站在世人眼前！」

他說：「一起去巡演吧！嚴歡。」

才剛剛到了六月份，天氣就已經熱得讓人受不了。

在加油站值班的傑瑞擼起袖子，看著被太陽炙烤得冒煙的柏油路面，心想，在這種鬼天氣還出門遠行的人，腦子真不知道是怎麼想的。事實上，他現在正接待著這麼一群客人。

這座坐落於偏僻公路旁的加油站，平常很少有什麼客人。因為在不遠處就有一條新高速公路，又快又暢通，只有捨不得過路費的人，才會開車走舊公路。傑瑞揣測，這群大熱天開著房車遠行的傢伙們，肯定就屬於這一類。

正想著，他就看見房車車門被拉開，一個年輕的小伙子從車內跳了出來。黑頭髮黑眼睛，是個亞洲人。傑瑞一向分不清亞洲人的年紀。

「嘿，小子！」傑瑞向他打招呼，「你們這是去哪呢？」

聽到他的聲音，下車透氣的年輕人回過身來。

「我們要去下個小鎮，在這裡休息，吃個午飯。」

北美地廣人稀，鎮與鎮之間有時隔著幾百公里，要在其中找到下一個休息站可不是那麼容易。傑瑞很是理解這群趕路人的辛苦，點了點頭。他本來不想再多說什麼，卻看見小伙子轉身從車內拿出一把吉他，頓時眼皮一跳。

「老天，這可是把好吉他！你的？」

亞洲年輕人笑道：「是我朋友的，現在在我這裡保管。」

傑瑞羨慕道：「看來你保養得很好，經常使用它。」

對於吉他來說，最好的保養不是將它束之高閣，小心翼翼地收藏，而是頻繁地使用。經常有人這麼說，感覺到樂手彈奏時激動的心情，吉他才會擁有靈魂。傑瑞觀察著吉他音箱上的細微痕跡，料想這個年輕人是個真正懂得吉他的樂手。

「你們是要去佛米爾小鎮演出？」傑瑞猜出了他們的身分，不由得想提供一些幫助，「我的表弟就在那個小鎮上開旅館，我可以勸說他讓你們免費住一晚。」

「那怎麼好意思。」

傑瑞哈哈大笑，「當然不是白住！前提是你要為我們免費演出一場，怎麼樣，讓我們大家聽聽這把好吉他的聲音。」

「這……」

嚴歡還在猶豫，旁邊向寬走過來問他們在聊什麼。聽明白原委後，鼓手立刻拍掌贊同。

「這麼好的機會幹嘛錯過！你不知道我們正經費吃緊嗎？」他看了看嚴歡，又笑道，「你要是覺得不好意思，晚上我們賣力演出一場就是了！絕對讓他們物超所值！」

事情就這麼定下，原本只是停下來休息吃飯，沒想到最後還混到一個免費的住處。在和其他人商議過後，嚴歡他們和輪休的傑瑞一起趕回小鎮，去他表弟開的旅館。

傑瑞表弟是個落腮鬍大漢，典型的西部人。他對於嚴歡一行人的到來並沒有表現出多大熱情，倒是對傑瑞表現出了很大的無奈。看來熱情好客的傑瑞隨便帶人到他的旅館，已經不是一次兩次了。

「搖滾小子。」旅店老闆看了眼正搬運器材的嚴歡他們，哼哼幾聲就走了。

「看來老闆對我們的演出不抱期待。」同行的一個貝斯手笑著對嚴歡道，「晚上可要讓他們好好瞧瞧，歡。」

嚴歡笑一笑，沒有說話。幾個幫忙的樂手走過，拍了他幾下，都進門去了。等到剩下他一個人的時候，嚴歡才抬起頭看著逐漸暗下的天色。

美國的小鎮和中國的小鎮很不一樣，這裡大多數是單層平房，稀稀落落，卻很整潔。站在鎮中心，也可以遠眺那即將吞噬夕陽的地平線。很普通的小鎮，卻是嚴歡開始巡演的第一站。與上回不一樣的是，這一次，他是主角。看了天空最後一眼，嚴歡推門而入。

即使今晚有樂團演出，旅館附設的酒館也只聚集了三三兩兩的人，而且這群人也大多是老闆的熟客，不是為演出而來。這讓嚴歡在上臺前，多少有些沒把握。

「熟悉嗎？」

向寬在他身後輕聲道。

「什麼？」

「你第一次在國內表演的時候，也差不多是這樣。剛開始根本沒多少人聽你唱，而你一個新人，卻還要完成付聲提出的嚴苛要求。」向寬輕笑，「那時候誰能想到，兩年後你會在美國也面臨差不多的處境？」

看著那些逕自說話聊天的客人，嚴歡倏地一笑。

「是啊。」他道，手已經摸上了吉他弦。

「那你猜，這次的結果會不會也一樣？」

讓所有人，為他們而癲狂！

錚——一道旋律流入空氣。

弦震動，夜降臨。

班傑明揉了揉痠痛的手臂，看著屋內正伺候著小孫女換尿布的女兒，忙著做飯的老婆，「砰砰」地修著桌子的女婿，深深地感覺到自己老了。

在六十五歲之前，班傑明從來都不認為自己是個老人。他能吃能動，還能去牧場牧牛，根本不認為自己和年輕人有什麼區別。可是今年他不得不承認，歲月不饒人，自己已經是個老頭子了。

一家人吃完晚飯，女兒教訓大孫女，孫子聽著不知哪裡的流行歌，老婆忙著收拾廚房。他叼了根菸，發現家裡現在似乎沒人有時間理會自己。

還是出去轉一轉吧。

這麼想著，班傑明起身，準備去鎮上的酒館小酌幾杯。

走在夜路上，他看著幾十年未變的小鎮景色，卻深深地再次感到自己的青春不再。曾幾何時，他也和一群伙伴嬉笑打鬧地走在街頭，也狼狽地躲過老媽怒氣騰騰的擀麵棍，半夜還和一群人在郊外肆意地載歌載舞。然而如今，這一切隨著時間流逝，都已經化成風，不在了。

心中莫名有種傷懷，班傑明帶著一點點抑鬱，推開了酒館的門。

「這是……」

一進屋，一股熱火朝天的氣氛將他硬生生定在了門口。

不是來錯地方了吧？小約翰的那家破酒館什麼時候竟然這麼熱鬧？不過很快，他就發現了人們歡呼的來源。

這裡有一支樂團正在表演。

班傑明年輕時也曾經是一位狂熱的搖滾粉絲。那時候他瘋狂迷戀一支英國樂團，曾經在他們巡演的時候一路開車跟隨，做過各種瘋狂的舉動。不過隨著年紀的增長，他漸漸忘記了自己曾經迷戀的過往。

「樂團嗎？」

老人喃喃碎念著，找了個空位置坐下。今天借機懷念一下過去，似乎也不錯。說實話，這支樂團的實力不錯，人們被輕易地調動起情緒，狂熱地歡呼。看著年輕人們瘋狂的樣子，班傑明不屑地哼哼幾聲。「普普通通吧。」

年輕人就是沒有見識，班傑明想。這樂團確實出色，但是比起他曾經喜歡過的樂團，還差得遠了。歌詞、曲調、彈奏，確實算是一流，不過想要打動他這個走過大半世紀的老人，卻還不夠。班傑明有些惆悵地喝著酒，悼念著自己已經逝去無法再追回的青春。

卻在這時，已經結束一曲的樂團，再次彈奏起來。而這一次，響起的卻是班傑明曾經十分熟悉的曲調。

他微微錯愕地張大嘴，看著臺上正在撥弄吉他的主唱。

這個年輕人，竟然唱這首歌？

還沒有等他回過神來，前奏已經結束，主唱輕輕湊近麥克風。

「When I find myself in times of trouble

當我發現自己陷在泥澤中時

Mother Mary comes to me

聖母瑪麗來到我的身旁

Speaking words of wisdom, let it be.

告訴我智慧的言語——這就是生活。」

低壓的磁性嗓音，娓娓唱來。

「And in my hour of darkness

當我在黑暗中彷徨時

She is standing right in front of me

她站在那裡，面對著我

Speaking words of wisdom, let it be.

告訴我智慧的言語——這就是生活。」

簡單的歌詞，平緩的曲調，卻一下直擊靈魂。班傑明僵硬地坐著，一動也不動。

Let it be.

順其自然，隨它去吧，因為這就是生活。

不需因為生活的苦難而嗟嘆，不用因為青春的逝去而苦惱，隨它去吧，讓它離開吧。

總會有種種的原因，人們被迫分離，陷入困境。

不要擔心，不用害怕，就讓它這樣吧。

因為總有一天，我們會看到希望所在。

即使因為種種原因而分別，即使因為歲月流逝而失去，卻不妨礙我們等待希望。

「And when the night is cloudy,

在烏雲密布的黑夜

There is still a light that shines on me,

仍然有一束光在我身上閃亮

Shine until tomorrow,

Let it be.

閃亮著直到天明

——隨它去吧。」

臺上的青年仍在歌唱，班傑明卻彷彿看到了幾十年前，另一個人站在舞臺最中央的模樣。他又彷彿看到了當年的自己，年輕氣盛，跟著痴迷的樂團流浪過一站又一站。又看到幾十年後白髮蒼蒼的自己，經受著時光無情的磨礪。蒼老的手，不復青春的容顏。

是的，一切已經不再。

就像有相聚就有離別，有出生就有死亡。這是世界永恆不變的真理，卻不必太過掛懷。

Let it be.

就這樣吧。

它給你磨難，給你痛苦，奪走你的青春，讓你經受無數的分離。

但它卻同樣給予你成長，給予你磨練，讓你看到希望。

這就是生活。

短短簡單的幾句歌詞，卻讓班傑明回憶起了自己的大半輩子。他想起當年第一次聽這首歌時，自己還是個懵懂青年，不懂箇中滋味。他想起披頭四最後唱這首歌時，是在倫敦的屋頂上。

狂風吹亂了他們的長髮，歌聲從屋頂幽幽傳下，讓路人駐足。他們似乎在唱著一切的離別，唱著許許多多的無可奈何，同時又在輕輕勸慰，別太傷心，別太難過。

生活總是這樣，有分別有離去，卻不意味著終結。

因為，即使是在最深的夜裡，也有星星在我們頭頂閃耀。

輕輕訴說：隨它去吧，隨它去吧，這就是生活。

那是披頭四最後一次團體演奏，在倫敦古宅的屋頂，頂著烈烈寒風，唱著他們離別的歌。

路過的人駐足仰望，有些附近的住戶爬上屋頂，靜靜地傾聽著這支傳奇樂團最後一次的表演。

那一年，披頭四解散。

那一年，班傑明從搖滾小子做回了安安分分的農場經營者。

他曾經以為，再也不會有回憶起過往的時候，然而這一刻卻被一個年輕人的嗓音，輕而易舉地喚醒了塵封的記憶。

「哦，這些年輕人，這些年輕人……」

老人聲音顫抖著，輕輕擦去眼角的淚水。他只能不斷說著這句話，再也說不出其他。

嚴歡結束了最後一首的演唱，深深地吸了一口氣。

此時，胸中彷彿有無數情感在沸騰燃燒，最後卻只凝聚成一句話——

Let it be.

這首歌，也算是他唱給自己聽的。

曾經在最絕望的時候，John 輕輕地為他哼著這首歌。沒有勸解，沒有撫慰，卻彷彿僅僅靠著這些旋律，便將一切傷痛都淡去。

嚴歡輕輕地笑了，正如歌詞裡所說的。

即使是在最無助的夜晚，也總能等來黎明。

讓一切，隨風而去。

然後，開始新的征程。

「John。」

「嗯？」

「我有沒有說過，你真的是一個出色的樂手？」

John笑了，「還用你說嗎？」

當晚的演出出乎意料的成功，而這場臨時演出的效果，就是第二天在酒吧正式表演時，吸引了許多慕名而來的聽眾。這是一個從未預料到的好的開始。

「記得下次再來。」離開時，旅店老闆拍著嚴歡的肩膀，大鬍子一抖一抖，「你們非常棒，真的！」

嚴歡笑了。這些老外的情感表達總是很直接，無論是厭惡還是喜歡，都一目了然。

「接下來你們要去哪？」老闆問。

「全美……」嚴歡頓了頓，重新道，「全世界！」

他說：「我要帶著我的伙伴，去全世界的舞臺演唱。」

05
#Pray it out
醞釀

七月的太陽毫不留情，毒辣地啃噬著每個人的皮膚。

一個多月下來，嚴歡晒黑了一倍，整個人也瘦了一圈。不過倒是雙目熠熠，顯得精神飽滿。以前也許還會有人把他當做小屁孩，然而現在看到他的人，都會覺得這真是一個神采飛揚的年輕人。

汽車在公路上飛速行駛著，大半天也看不到一個路人。除了偶爾一瞥而逝的野生動物，這整條北部高速公路上就只有他們一行人。本來北美就是地廣人稀，會在大熱天出來趕路的人就更少了，他們行駛半天都沒遇到人也很正常。

嚴歡看了看日期，七月十四號，離他們出來巡演已經整整過了一個多月。在這段時間，嚴歡從美國小鎮來到大都市，又從大都市駛向另一個小鎮，他們跨越了大半個美國，開著一輛破房車在路上顛簸。

說來就來，說去就去，這一個多月來，就是這一行人在北美掀起了一股不小的旋風。

一開始，誰都沒想到聲勢會這麼浩大。

他們本來只把這個當做是一次牛刀小試的巡演，並沒有期望能獲得多大的成就，然而一站站走下來，名氣卻在不知不覺間醞釀開來。現在大半個美國搖滾界，都知道有這麼一伙搖滾樂手正在公路旅行。

嚴歡想，只是有些可惜，現在陪在自己身邊的人，少了最關鍵的那兩個。不過，也正是為此，他才要這麼努力拚搏。

「唔……」

車子一個顛簸，將向寬晃醒。

「到了？」睡得有些迷糊的鼓手問。

「沒有。」嚴歡好笑地看著他，「還有一個小時的車程，到那邊就是下午了。」

他們這次要去的是北美的一個工業小城，也是搖滾的發源地之一，算是巡演路上比較重要的一站。

向寬打了個哈欠，「那我再睡一下，到了叫我啊。」

嚴歡只能無奈地看著他繼續睡，而他自己則是望向窗外的景色出神。

下午三點，太陽最毒的時間，他們終於抵達了市區中心。隨著房車緩緩駛進城區，嚴歡敏感地發現，似乎有什麼不對勁的地方。

「怎麼回事？」

他看著空蕩蕩的馬路，幾乎沒有幾個人影。

「就算是大夏天，外出的人也不至於這麼少吧？」嚴歡問，「今天是什麼節日嗎？」

他問的是前面兩個本土的搖滾樂手，其中一個人搖了搖頭，有些困惑道：「不是啊。」

向寬睡醒了，「難不成都過鬼節去了？不對，那是七月半，而且是農曆。」

嚴歡白了一眼他，不想理睬這個睡迷糊的傢伙。

一行人對於這個出奇寂靜的城市，都感覺有些不對勁。然而，隨著房車逐漸駛近目的地，他們總算是看到人影了。

越是接近演出地，人就越多。再仔細看，路邊掛著一些宣傳橫幅布條，似乎是和演出有關。這一切都讓他們越來越摸不著頭腦。

直到抵達了演出地，嚴歡他們張大嘴，看著面前那座高高搭起的舞臺。還有舞臺週邊的草地上，一頂頂顯然是剛剛搭起來的小帳篷，最週邊則是停著許多私家車。看了看牌照，有些車還是從南部開過來的！

嚴歡一行人張著下巴下車，這才終於在接待人員的口中明白了是怎麼回事。

「哦，天，難道這幾天你們都沒有上網嗎？」負責接待的人憐憫地看著他們。

「什、什麼意思？」嚴歡結巴了。

工作人員掏出平板，點開某個影片網頁給他們看。嚴歡首先看到的是那令人吃驚的觀看次數，隨即才注意到這個影片的內容——這竟然是他們的巡演演出！

工作人員解釋道：「一週以前，網路上就陸陸續續出現了一些你們的演出影片。一開始還只有幾個人關注，後來卻越來越受歡迎！」

從他接下來的話中，嚴歡終於明白了事情的原委。

一切，都源於他們有了一個狂熱的粉絲！

這個粉絲一路跟著嚴歡他們的蹤跡，從最開始的幾站一直追到最近幾站，而且每一次演出都必然會拍下他們的影片。最後整理下來，上傳到網站上。如果只是普通的演出影片，或許不會引起這麼多人的關注。可關鍵在於發布這個影片的傢伙，他不是一般人！

影片的發布者是幾種大型入口網站的老牌會員，也就是國內所說的大神，不僅如此，聽說他還是某個搖滾俱樂部的元老級人物，發動了俱樂部幾乎所有的成員幫他轉載、宣傳，短短幾天，嚴歡他們的演出影片就在各大網站上獲得了令人吃驚的觀看次數。

發布者還為這一系列影片取了個吸引目光的名稱——

搖滾巡禮！新一代傳奇！

自從影片大紅之後，嚴歡他們的巡演也就跟著大紅了。打聽到他們下一站巡演地的人，有閒有空有興趣的，都紛紛呼朋引伴展開自駕旅遊，準備親自前往演出現場目睹他們的巡禮風采。

這就是為什麼，這個小城中會有這麼多人聚集在他們的演出地附近。

「不、不、不、不會這麼轟動吧？」向寬聽完，說話都結巴了，「是哪位高人這麼捧場？」

「哈哈哈，是我。」

說曹操，曹操到。就在說話間，這位傳說中一手打造出如此聲勢的狂熱粉絲，出現在他們面前。

嚴歡等人回頭一看，眼睛都要瞪出眼眶了。這個傳說中的狂熱粉，竟然是一位白髮蒼蒼的老頭？

班傑明呵呵笑著，走近這群小伙子，尤其是在看到嚴歡時更是眼前一亮。

「不要辜負我的期待啊！」他笑道，「真是的，從上個世紀以來，我就沒有做過這麼瘋狂的事情了。你們可要好好演出，不要讓外面的那些年輕人失望。」

班傑明見嚴歡還在發愣，又笑咪咪地丟下一個大消息，「對了，聽說這次還有附近的電視臺想要買下你們演出的現場轉播權。這下可更要好好表現了，小伙子們！」

「先、先、先生……」向寬哭笑不得，「您太抬舉我們了吧。」

「年輕人！」班傑明皺眉，「沒有一些幹勁，怎麼能闖出一片天地？」

「可是這也太突然了。」

「老先生。」一直沉默的嚴歡，此時突然開口，「您為什麼要幫我們做這麼多宣傳？」

「為什麼？」班傑明吹鬍子瞪眼睛道，「難道我還能占你們什麼便宜嗎？我只是不想看到有才華的年輕人被埋沒！好的歌就應該讓所有人都聽見才對！怎麼，難道你害怕了？」

嚴歡笑了笑。

「你剛才說有電視臺現場轉播？」

「是又如何？」

「可以讓全世界都看見嗎？」

在場所有人都愣住了，沒想到嚴歡竟然會說出這麼一番話來。半晌，班傑明放聲大笑，「全世界！你這小子野心真不小。」他哈哈笑著。

「可惜，這次只是一個地方電視臺的現場轉播。」班傑明看向嚴歡，狡黠一笑，「如果真想讓全世界都知道你的名字，那就得看你能不能抓住這次機會了。」

嚴歡看著他，真心地笑了。

「我會的。」

當晚，嚴歡帶著向寬，第一次踏上了真正的大舞臺。

電視臺的攝影機，臺下數千的觀眾，露天的豪華音響，所有的一切都在等著他獻上最完美的演出！

我會做到的！嚴歡在心裡想著，從今天開始讓世界知道我們的名字。

所以，付聲，你給我乖乖等著。

我要帶著一切榮譽，回去接你。

舞臺燈光驟亮！樂聲響起。

沒有人知道，在這一晚，屬於嚴歡、屬於悼亡者的傳奇，終於開始。

向世界吶喊！

我們來了！

七月末，夏天帶著炎炎的熱氣，隱藏在七月的尾巴裡。

難得的一陣暴雨，給悶熱了兩個月的濱海市民帶來一陣陣舒爽。

蕭侯剛結束一場演出，夜鷹樂團從外地歸來，還來不及落腳休息，他就對經紀人提出要出門一趟。

「去哪？」

蕭侯笑了笑，「去看一個老朋友。」

駕車開了三個小時，他才來到此行的目的地。

「你要找哪個？」

負責接待外客的人翹著腿問他。

「一個叫付聲的男人，幾個月前剛剛進來。」

接待人員翻了翻名冊，「哦，他啊，那個傢伙的案子現在還沒審呢！你不是他律師，照理說見不到人。」

蕭侯不是傻瓜，當即遞上一包菸，裡面還塞了一些鈔票。接待人員接過來，咧開嘴笑了笑。

「十分鐘啊！不能多待。」

於是蕭侯就如願見到了他想見的那個人。

即使是隔著一層玻璃，他依舊能夠看出付聲的消瘦。衣服在他身上，就像是穿在骷髏身上一樣。臉頰瘦得凹進去，還泛著不正常的蒼白。手放在身後，不受控制地一顫一顫。

這是吸毒者的典型特徵，他們根本控制不了自己的身體。

看著這樣的付聲，原本心裡再恨他，蕭侯此時也不免有些兔死狐悲之感。付聲的那雙手，恐怕再也彈不了吉他了。他不知是鬆了口氣，還是遺憾。

「我來看看你。」蕭侯道，「看看你過得怎麼樣。」

付聲沒有抬頭，已經長長的劉海遮住了他半邊臉。

看著原來趾高氣揚的人如今落得這副模樣，蕭侯嘆道：「要不是你以前太過孤高，怎麼會淪落到今天。」

「與你有關嗎？」

蕭侯一頓，抬頭。只見那雙他痛恨的黑眸，依舊是冷冷地看著自己，不把自己放在眼中。

付聲說：「我過得怎樣，和你無關。」

「你！」蕭侯氣急，「你這是什麼口氣？付聲，你還以為自己是那個天才吉他手？別忘記你已經身陷囹圄，一文不值！現在誰還記得你？歌迷，還是你的團員？我告訴你，你以前的那些團員恐怕一個都不記得你了，他們過得不知道有多好！在美國混得風生水起，誰會想到你這個廢物！」

付聲的眼睛亮了亮。

「誰？」

「什、什麼？」

「在國外的那個。」

似乎是想要借此來打擊付聲，蕭侯冷冷道：「還能是誰？當然是你當年照顧的那個小鬼，嚴歡是吧？現在人家在國外有不少人捧著，不知道有多少出色的樂手搶著和他合作。你以為他還會記得你這個小人物？」

他見付聲不出聲，得意地繼續道：「要我說，像那樣的小鬼也就是運氣好。要是在國內混，怎麼死的都不知道，就只能去國外騙一騙圖新鮮的老外。那種……」

「蕭侯。」付聲突然開口了，聲音冷冷淡淡，「知道我為什麼一直瞧不起你？」

蕭侯頓住，錯愕地看著他。

「你總是嫉妒別人，不顧一切地磨滅其他人的成就。」付聲看著他，道，「其實，你自己比誰都明白。正因為你一點才華都沒有，才會嫉妒比你出色的人。」

「付聲！」蕭侯漲紅了臉，恨不得敲碎玻璃過去揍人。

「時間到了。」

卻在此時，看守的人過來要將付聲帶回監所。

「付聲！」蕭侯不甘心地吼著，「我哪怕再沒用也比你好！比你這個困在監獄裡，連吉他都彈不了的廢物好！」

一直無動於衷的付聲，卻在聽到最後一句話時微微顫了顫。隨後，他跟著看守走回看押的住所。

蕭侯氣憤不已，狠狠地踢了一下桌子，才離開看守所。

八月初，正是國內下半年的音樂節開始籌備的時候。

藍翔和贊助方的代表商量了整個上午，有些疲憊地出來透口氣。他揉著太陽穴試圖緩解頭痛，最終發現毫無用處，起身準備去自動販賣機那裡買罐咖啡來解乏。

藍翔摸了摸口袋，悲劇地發現竟然沒有帶錢！

最後他只能惱恨地瞪著自動販賣機，有些無奈地嘆了口氣。就在他放棄準備回房時，卻聽到身後一陣輕笑。

「怎麼，難道翔哥還打算踢它一腳？」

聽見這個熟悉的聲音，藍翔回頭一看。只見一個戴著墨鏡的高挑青年正站在身後，一身幹練時尚的裝扮，將他襯托得十分醒目。而最令人注目的，是他身上散發出來的氣質。彷彿無人可擋，隨時隨地都可以吸引千萬人的視線。

「你是……」藍翔驚喜道，「嚴歡！你回來了！」

嚴歡摘下墨鏡，朝藍翔笑出酒窩。這一笑，剛才那個冷酷帥哥就又變回了當年的鄰家小少年。

「我回來了，翔哥。」

「來來來，坐坐坐。」藍翔將嚴歡拉到旁邊的椅子上坐下，「什麼時候回來的，怎麼一點消息都沒有？」

「剛回來。」嚴歡道，「暫時保密，還沒有對外公布。」

「臭小子。」藍翔笑道，「還保密……你該不會是，回來參加音樂節的?!」

「我是要參加音樂節。」嚴歡露齒一笑，「不過，卻不是國內的。」

藍翔一頓，須臾，只聽見嚴歡道：「我受到邀請參加國外的一場音樂節，今年八月正好是它的第四屆。」

藍翔吞了吞口水，隱約有些預感，「你說的不會是……」

「今年舉辦第四屆的胡士托音樂節，我收到了演出邀請。」嚴歡收斂了笑意，嚴肅道，「正是為此，我才回來找他們。」他說，「我要帶悼亡者所有人一起，站到胡士托的舞臺上。」

「……」

「翔哥？」

「剛才我好像有點耳鳴，」藍翔道，「我沒聽清，你能再說一遍嗎？」

「我說，我受邀參加今年的胡士托音樂節。」

「胡士托？」

「嗯。」

「那個連披頭四都沒有參加的胡士托音樂節？」

「……嗯。」

「那個每隔幾十年才偶爾舉辦一次，被稱為傳奇，名留青史的胡士托？」

「好像……是。」

「那個讓無數搖滾大咖扼腕，讓無數後輩奉為傳說的胡士托音樂節！」

嚴歡抓了抓腦袋，「原來它還有這麼多名號啊。」

藍翔一副恨鐵不成鋼的模樣看著他，「這可是胡士托音樂節！標誌著搖滾里程碑的傳說！每次有幾十萬人到場的巨型音樂節！上次舉辦還是在上個世紀末，半個世紀多只有三次的胡士托音樂節！嚴歡，你沒有在跟我開玩笑？」

嚴歡正色道：「需要我給你看一下合約書嗎？翔哥？」

「不，不用了。」藍翔顫顫巍巍，搖了搖手，又坐下，「它今年要召開第四屆，為什麼外面一直沒有消息？」

「我想要等到明天才會開始正式宣傳。」嚴歡道，「之前因為場地還沒有確定下來，一直是在做準備工作。」

「什麼時候開始？」

「八月中旬吧。」

「那就只有半個月的時間了。」藍翔皺眉道，「在這半個月，你要找齊原悼亡者的團員，可不是一件容易的事。」

嚴歡說：「如果不是和他們一起去，我寧願不去。」

「你知道你在說什麼嗎？」藍翔瞪眼看他，「那可是胡士托！」

「我知道，所以我才會回來。」嚴歡看向藍翔，「離開的時候你們不告訴我原因，因為那時候我還什麼都做不到。現在我回來了，我要帶著付聲和陽光一起去，我一定要找到他們。」

藍翔看著他，幾年過去，嚴歡變得成熟許多，但是唯一沒有變的是他那份自始至終的執著。許久，他輕嘆一口氣。

「好吧，我會幫你找到陽光。」

「還有付聲。」

「……」

「付聲呢？」嚴歡見他沉默，敏銳地察覺到一絲不對勁，「我願意等他！你告訴我他在哪裡？」

藍翔被逼急了，忍不住吼道：「等等等！你等得及嗎？只有半個月時間你要去哪找他！難道要為了一個不知道去了哪的人，白白浪費這可能是一生唯一一次的機會嗎？」

嚴歡的臉色瞬間沉了下去，「不知道去了哪？他不是在看守所嗎？」

「他……」藍翔苦笑，「我實話跟你說吧，現在沒有人知道付聲在哪。」

「告訴我原因。」

「大約一個月前，付聲被無罪釋放，具體過程我不清楚，只知道他大概是替警察做了暗線，幫助收集了劉正販毒集團的罪證。但是，從那天開始就誰都找不到他了。」藍翔說，「無論是劉正的手下，還是我們的人，沒有一個能找到他。」

藍翔苦澀道：「付聲他……失蹤了。」

樹上的知了聲聲叫著，令人心浮氣躁。

陽光剛剛出門領快遞，回來就看到同房的室友帶著一身臭汗，癱倒在簡易鋼床上！

「啊，你回來了。」

這人翻了個身，懨懨地抬起手，算是和他打了招呼。

「我實在是太累了，借你的床躺一下啊。」

陽光放下包裹，上前拽著他往旁邊一扔。

「躺你自己的床。」

「喂喂喂，你還有沒有同情心啊！」被他扔到一邊的室友哀嚎道，「大熱天的，我好不容易送完貨回來，你就不能體諒體諒我，非要逼我爬到上鋪去嗎？」

「可以，躺一分鐘一百元。」

「沒人性，守財奴！喪心病狂！」

「謝謝。」陽光掀起床單扔到對方頭上，「床單被你的汗弄溼了，去洗乾淨。」

「……」

室友已經對他無言了，只能認命地撿起床單。

「陽光，不是我說你，你說說你這麼刻薄，怎麼交得到朋友？」他說著，瞥到陽光新買的包裹，「哎，這還是航空快遞？你哪來那麼多錢買國外的東西？」

陽光還來不及阻止，快遞便被室友搶了過去。

「哼哼，一定是什麼兒童不宜的東西！好東西大家一起拿出來分享嘛！」室友迅速拆開包裝，在除去層層的防撞包材後，落到手裡的竟然是一張薄薄的ＣＤ。

「給我！」陽光隱約有些怒意，一把搶了回來。

「你這是……你特地花了航空運費，竟然只為了一張ＣＤ？」室友瞠目結舌，「陽光，不要告訴我，你前幾個月省吃儉用，就是為了買這種沒啥用的東西。」

「這是我的事。」陽光一腳踹開他，「你給我去洗床單。」

室友被他踢了一腳，揉了揉屁股，突然覺得不對，「哎，我怎麼覺得，剛才ＣＤ封面上的那個人有些眼熟啊，好像在哪裡見過？」

陽光把他的話當耳邊風，不打算理會。可是室友卻一拍大腿，興奮道：「給我看看，再讓我看一眼！嘿，陽光，我真的見過這小子！就在今天上午，你出門的時候，這人還來找過你呢！」

正在收拾快遞包裝的陽光一僵，緩緩轉過身來，「你說什麼？」

卻在此時，敲門聲響起。

「有人嗎？」

一個陽光再熟悉不過的聲音從門外傳來。

「我來找陽光。」

門沒有關緊，就在陽光懷疑自己是不是幻聽的時候，有人推門而入。看著那熟悉又陌生的面容，陽光一時竟然說不出話來。

「……嚴歡？」

嚴歡一笑，望著兩年未見的伙伴。

「好久不見。」

兩年歲月匆匆而逝，物是人非。嚴歡看著晒黑了又消瘦許多的陽光，腦中還記得最後一次見面時，貝斯手為自己彈奏的那首鋼琴曲，以及他離開的背影。嚴歡吸了吸鼻子，只覺得喉頭哽咽。

「我來接你了。」他說，「和我一起重組悼亡者吧，陽光。」

向寬看著嚴歡上了樓，心裡還有些忐忑。對於把陽光勸回來這件事，其實他沒有多大把握。之前嚴歡還在國外的時候，向寬也找過陽光幾次，但每次不是吃閉門羹，就是被果斷拒絕。用陽光的話來說，他需要安穩的生活，不想再在搖滾這條路上浪費生命。

所以，今天從藍翔那裡要到陽光的住址，嚴歡說要來找人的時候，向寬立刻就跟在他身後。他想著，哪怕嚴歡被拒絕了，好歹自己也可以立刻安慰一下，不至於讓這小鬼太難過。

就在向寬揣摩著什麼樣的方式安慰人最有效果的時候，嚴歡已經從樓上走下來了。聽到腳步聲的那一瞬間，向寬幾乎是不假思索地道：「其實這也沒什麼啦，舊的不去新的不來，每個人都有自己的路要走嘛。既然陽光不願意，我們就別勉強他了，再去找一個貝斯手又不是什麼難事。」

「哦，你要再找一個貝斯手？」

向寬聳肩道：「是啊，不然怎麼辦？反正是指望不上陽光了。」

「看來你對我有很多不滿。」一個帶著笑意的聲音從頭上傳來，向寬聽著怎麼覺得有些不對勁，抬頭一看。

「你你你你！陽光，你怎麼會在這？」

陽光笑看著他，「你不希望我在這裡？還是說你真的打算去重新找一個貝斯手？」

向寬整個人都結巴了，「不、不是，你，不對！你不是說不玩搖滾了嗎？」他口吃了幾次，看著陽光故意擺出的笑臉，頓時氣到不行，「上次我來找你的時候，是誰說不想再走這條路，害我以為你已經徹底金盆洗手了！」

他手指著陽光，顫顫道：「今天嚴歡上去不到五分鐘你就跟著他下來了！你這是什麼意思，哪能這麼區別對待？太不公平了吧！」

陽光想了想，道：「應該是人品問題吧。」

向寬頓時臉都被氣紅了，擼起袖子就要上去揍人。

「好了好了，別鬧了。」嚴歡笑著拉住他們，「不管怎樣陽光總算是回來了。放心吧，以後他要是再敢隨便跑路，我一定拿鍊子把他拴起來。」

陽光挑了挑眉，看向嚴歡。「出去一趟，你長大了。」都敢拿他來開玩笑，確實是膽子夠肥了。

他又看了看向寬，故意嘆了口氣，「相比起來，某人去國外跑了一圈，還是那麼沒長進。」

「陽光！」向寬青筋直跳，火冒三丈。

嚴歡看著他們這樣子，嘴角不自覺帶出一抹笑容。像這樣一群人聚在一起打打鬧鬧的畫面，有多久沒見到了。其實他自己也沒想到，陽光會這麼容易就答應回來。

嚴歡本來是抱著被拒絕的心理準備，可是預先打好草稿的話還沒說完，陽光就已經一口答應下來。

他是這麼說的——

「既然嚴歡你能為了重組樂團，在國外風餐露宿打拚兩年，我若是再退縮，豈不是太沒用了。是吧，團長？」

這麼一句話，頓時讓嚴歡奔波疲憊的心安定了下來。彷彿多年來的隱忍和努力，在這一刻總算有了回報。哪怕是為了那一聲團長，也是值得的。至少他現在要擔負起團長的職責，將悼亡者重新凝聚在一起。

此時，看著向寬和陽光吵鬧，彷彿又回到了兩三年前大家剛聚在一起的時候，讓人無比懷念。可是沒開心多久，嚴歡嘴邊的笑意又漸漸黯淡了下去。最近總是這樣，即使好不容易開心起來，嚴歡心裡總是會覺得空虛。因為他最期盼陪伴在身邊的那個人，不在這裡。

走在前面的陽光注意到了嚴歡的表情，他停下腳步，欲言又止。許久，像是下定了某個決心，陽光開口：「其實，我知道他在哪。」

什麼？

嚴歡猛地抬起頭，像是不敢相信自己剛才聽見的，是他想的那個意思嗎？

迎著嚴歡灼熱的視線，陽光道：「我的確知道付聲現在的住所，但是我想，他可能不太希望你去見他……」

話還沒有說完，他就被激動的嚴歡緊緊地抓住手臂。

「告訴我！」嚴歡道，「告訴我他在哪？」

似乎被嚴歡眼中咄咄逼人的視線打敗，陽光猶豫了很久，終於道：

「他……」

轟隆隆隆！悶雷乍響，細密的雨滴從天空急墜。突然襲來的大雨水帶走了酷暑，讓悶熱的空氣煥然一新。新的一切，將在驟雨之後來臨。

城市角落，在某個封閉的居住區，有人透過狹小的鐵窗，看著窗外電閃雷鳴的天空。

他的眼裡，彷彿也正映著這道道雷光。

忽明忽暗。

06
#Pray it out
毒

下著雨，雨點從窗外飄入，像無處不入的小人，打溼地板、桌面，沾染了屋內幾乎所有的事物。

屋裡唯一不會被雨水淋到的角落，有一個人坐在那裡，已經一動不動數個小時。細雨飄到他的眉眼上，閉著的眼睛微微顫了顫，沒有睜開。

雷雨漸大，屋外的雨水傾盆而入，讓地板變成一片汪洋。然而這個人似乎並不想去關上窗戶，或者說，他不能動彈。從心底蔓延出來的疼痛正像毒蟲一樣啃噬著身體，他的神經、他的每一寸皮膚，都在這種痛苦之下微微抽搐。這是一種難以言喻的痛，它不囂張，不明顯，卻像一隻惡鬼慢慢侵蝕人體，讓整個人從內到外地腐壞。

椅子上的男人緊緊閉著眼，沒有吭聲，疼痛卻從身體的每一處鑽出來。實在忍無可忍時，他的眉頭會微微皺起，雙手握拳，青筋外露，似乎要與某個無形的敵人戰鬥。然而他十分清楚，這個敵人並不是其他人，而正是自己。

這是毒癮。

猶如魔鬼的誘惑，一旦沾染，便別想輕易地擺脫。

這個人也會是如此嗎？

雨一滴滴下著，時間也一分一秒走過。

然而他自始至終都沒有移動一下，單單憑藉毅力，與魔鬼進行一場殘酷的拔河。汗水逐漸浸溼了他的後背，雙手忍不住顫抖。當他試著去拿一杯開水時，水杯從手中掉落，「砰」地摔碎一地。

一直沉默忍耐的男人，看見這一幕竟突然發起怒來，將桌上的東西都掃落！破碎的聲音在狹小的空間內不斷傳遞，像是將心裡的什麼摔碎了，再也無法拼湊。

忍耐似乎到此告終，喉頭發出沙啞的呻吟，他緊抓著椅子把手站了起來，摸索桌上一個黑色的背包，從中掏出用小袋裝著的白色粉末。只要一點，他就可以從這無邊的痛苦中逃離，就可以不用再承受這剜心蝕骨的折磨！

只要一點點！

手顫抖地伸向白粉，此刻，兩種意志在他腦內艱難交戰，眼看著其中一方就要敗落。

錚——

放在角落的吉他受到暴雨侵襲，突然發出短促的一聲嗚響。

他驀然愣住，看向那破舊的吉他。金屬的吉他弦在風雨中被吹洗得更加耀眼，而木質的音箱卻因為長期被風雨腐蝕，開始發黴腐爛。剛才的那一響，恐怕是它能夠發出的最後聲音。

多麼諷刺，這吉他就像它的主人。即使有著錚錚傲骨，也撐不過外界的磨難，只能漸漸腐爛，化作一堆誰也認不出的爛泥。

可惡！

雙拳猛擊向牆壁，一下，一下，又一下！宣洩著心底的憤怒與不甘！鮮血漸漸從指間流出，他卻一點都沒有感覺到。此刻那些肉體上的痛苦，再也驚動不了他。因為沒有哪一刻疼痛，比知道自己可能再也拿不起吉他時，更痛入靈魂。

好像要活生生地將靈魂挖出來！

要奪走他在這世上最後的希望！

「啊啊，啊啊啊——！」

暴雨無情地擊打著他的背，淋遍整間屋子。在雨水之外，似乎還有什麼別的液體，正一滴一滴浸透身下的地板，一點點暈染開來。

那是從心底流淌出來，絕望、悲傷、苦澀的水。

不知道過了多久，身體已經被雨水淋到沒有溫度，整個人都好似麻木了。然而半跪在地上的人，此時卻突然幻聽了。有一個熟悉又陌生的聲音，正一聲聲地喚著他的名字。那是他曾無數次夢見的聲音，是讓他堅持到現在的最後力量。

宛如夢境的聲音，一遍遍喊著——

「付聲，付聲……」

「付聲！」

嚴歡用力敲門，裡面卻沒有一點回應，他急了。

「他真的在這裡嗎？」嚴歡問身後人。

不怪他懷疑，這種簡陋得宛如貧民區的平房，簡直不能想像是付聲這幾個月以來的安身之地。那個有著微微潔癖，一向自傲的人，怎麼會委屈自己住在這種地方！

陽光點著頭，「我上個星期還來送過一次東西，他就在這裡。」

「他沒有出去？」

陽光苦笑，「他現在的樣子，根本無法出去。」

不敢去想像陽光說的話背後的含義，嚴歡又敲了幾下門，見還是沒有回應。他索性一轉身，突然跳到暴雨中，攀爬上了鐵窗。

「你這是幹什麼！」向寬驚呼。

「幫我把這個撬開！」嚴歡隨手拿了根鐵棍，開始撬著早已經生鏽腐蝕的窗戶。既然付聲不來開門，那他就自己找路進去，總之，今天一定要見到那傢伙不可。

暴雨打溼了全身的衣服，因吹濺進眼裡而刺痛不已，但是嚴歡現在滿心只想著付聲的事，無暇他顧。想著見到付聲以後，要怎麼揍這個傢伙一頓，要將上次不告而別的委屈全部傾訴一遍，要將這兩年多來的離別和辛苦，一句一句地告訴他！

還有其他許多許多想和付聲說的話，只想對他說的話。

只要拆了這扇窗，就能見到他！

見嚴歡瘋狂的樣子，陽光和向寬對視一眼，隨即也上前去幫忙撬窗。漫天的暴雨中，他們三人圍著一扇生鏽鐵窗，使勁全力地想要打開它。打開它，見到它後面的人，那個屬於他們的伙伴。

「匡啷」一聲，鐵窗終於被撬開。嚴歡扔下棍子，迫不及待地就朝裡面鑽。

「哎，你小心別被刮到，會破傷風的！」向寬在他身後著急地喊。

然而嚴歡現在一個字都聽不見了，他鑽過窗戶，不顧被玻璃割傷的手，一躍而下跳進屋內。

「付聲，付聲，你出來……你，付聲！」

幾乎是一眼，嚴歡就看到了蜷縮在角落的身影，一瞬間，喉嚨彷彿被什麼堵住了，大腦一片空白，他不敢相信自己看到的。

那個跪在牆角簌簌發抖的人，竟然是付聲？

那個渾身溼透無力動彈的人，竟然會是付聲！

那個消瘦得不成人樣，脫形到像一具骷髏的人，竟然是付聲！

為什麼他會變成這樣，為什麼會這樣！

嚴歡失聲低喊，向牆角的人衝過去，他抱住那個消瘦的人影。

「付聲、付聲，你怎麼了？你怎麼了啊？」

他根本沒有意識到，自己已經在不知不覺間淚流滿面。淚水像斷線的珠子一般，從雙眼中一滴滴滾落在地，滴在地上的那個人身上。

付聲彷彿被他的淚水燙了一下，微微動了動手。聽見身邊的呼喊，他費力睜開眼，看見哭得滿臉鼻涕淚水的嚴歡。

他輕聲問：「是在做夢嗎？」

「不是在做夢！」嚴歡緊緊抱住他，「我回來了，帶著我們的歌一起回來了，付聲！我來接你，帶你一起去世界最大的舞臺！付聲，你讓我一個人出去闖，我沒有辜負你，我真的做到了！所以，跟我回去吧，一起重組悼亡者，好不好？」

付聲的眼睛漸漸亮了起來，卻只有那麼一瞬。他看著嚴歡，眼裡閃過一絲頹唐。

「我已經不行了。」付聲推開他，靠在牆邊。

「看見了沒有？」他指著那把腐爛的吉他，沒有解釋，卻知道嚴歡會懂，「不行了，戒不掉。」

「不！你可以！」嚴歡抱起那腐爛的吉他，緊緊地摟在懷裡，「你是誰？你是付聲！是國內最出色的吉他手，可以不把所有人看在眼裡的天才！如果你不行，還有誰行？如果你不能站在那個舞臺上，還有誰有資格！」

眼淚一滴滴地落在吉他上，嚴歡撫摸著弦。

「只不過是毒癮而已，就能打敗你嗎？付聲，你太小看自己了。」

「你不明白！」付聲手撐著頭，痛苦地道，「我也想重新開始，但是不行！毒癮不像你想的那麼簡單，你不是我，你根本不明白……」

「我不是你。」嚴歡漸漸收起眼淚，鎮定地看著他，「但是我知道你是誰，你是悼亡者的吉他手，是教會我搖滾的人，是這個世上最愛搖滾的人。」

嚴歡說：「我不逼你，只是如果你不能再彈吉他，那我也就再也不唱搖滾了。」

付聲錯愕地抬起頭，「你說什麼？」

嚴歡重複了一遍，表情是前所未有的認真。

「如果你不當我的吉他手，我就再也不唱搖滾。」

付聲的眼中襲上憤怒。

「我不准！」他緊緊抓住嚴歡的上臂，用盡力氣抓著他，「搖滾是那麼輕易就可以放棄的嗎？你的夢就那麼不值錢嗎？我不准你放棄……」

「那我也不准你放棄！」嚴歡忍不住回吼過去，「你自己說的，夢想就那麼不值錢嗎？為什麼你要放棄！不是說好了要和我一起往前走的？走到半路，你卻丟下我一個人是怎麼回事！

「每次都是這樣，付聲，你有沒有想過我！

「你知不知道我這兩年在國外是怎麼熬過來的？

「你知不知道多少苦我都忍了，我誰都沒說，就是想帶著你和我一起繼續唱搖滾！我只想和你一起唱！

「你知不知道，知不知道……我有多想你。」嚴歡伏在付聲肩頭，低聲泣道，

「不要丟下我一個人，不要再拋下我，付聲，這個世界我不能沒有你，不能……」

付聲感受著肩頭被浸透了一片溫熱。夾雜著雨水，他嘗到了鹹澀的味道。嚴歡壓在他身上的重量，是他現在無法承受的。然而這份重量卻壓在他心頭，壓下了他全身的痛苦，奇跡般地將他從毒癮的折磨中解脫出來。懷中人的溫熱觸感，對於總是像處在寒冬的付聲來說，就是救贖，是比毒藥更難以戒掉的迷戀。

他伸出一隻手，從後面摟住嚴歡，將人輕輕靠在自己身上。體會著那讓他無比踏實的觸感，付聲沙啞地開口：「要我跟你回去，即使我可能再也彈不了吉他？即使我變成一個廢物？」

付聲每問一句，嚴歡都飛快地點頭，看樣子簡直像要把頭撞下來。付聲看著他熟悉又變化了許多的面容，彷彿又看到了當年的那個小鬼，什麼都不懂，只知道跟在自己身後。

笨笨的，沒用的嚴歡，一旦離開他，就什麼都做不了。

這麼多年了，只有這點還是沒變。

付聲輕笑一聲，嚴歡感覺到他從肩上扶起自己，兩人對視。

付聲凝視著他，道：「即使這樣，也要我回去嗎？」嚴歡又是一連串點頭，然後他感覺身體被拉了一下，嘴唇觸碰到冰冷柔軟的觸感。

「要我戒毒可以，那你就來做我的毒。」

「你說什麼，人找回來了？」

藍翔猛地站起來，把身邊的杯子都撞翻了。

「人呢？他現在在哪，是活著的吧？」

許允揉著太陽穴，頭疼地看著他，「你冷靜一點行不行？」

「冷靜！你要我怎麼冷靜？」藍翔質問，「不聲不響就失蹤幾個月，半點消息也沒有，突然就說找到人了。我怎麼知道找到的是活人還是屍體？」

其實藍翔的擔憂也不算誇張，很多知名樂手失蹤後，再出現在世人眼中時都已成一具冰冷屍體。搖滾這個圈子，有時候有很多壓抑的東西，樂手們的精神狀態也與常人不同。何況付聲這次的事情鬧得這麼大，被人如此擔心也是正常的。

許允安慰道：「你放心吧，是嚴歡那小傢伙去把人帶回來的，那就肯定是活的。」

藍翔聽了，稍微放心了那麼一點，可隨即又笑道：「你還喊他小傢伙呢？」他指了指電視，「這小子，現在可是大人物了。」

電視上正播放著一條新聞，有關國內年輕樂手即將出行國外音樂節的消息。

「據記者所知，嚴歡曾經在國內以某個樂團的名稱獨立出道。兩年前奔赴美國深造，在美國發行的專輯取得百萬銷量後，受到胡士托音樂節的邀請，即將成爲第一個登上胡士托音樂節舞臺的國人。嚴歡是如何取得如今的成就的呢？那麼，現在讓我們採訪一下他高中時期的朋友。」

畫面上出現一個笑得靦腆的年輕人，正在對著鏡頭揮手。

「你好，李先生，聽說在高中時期你曾是嚴歡的好友。」

「什麼叫曾是啊，現在也是！」李波不滿道，**「我現在依舊是他最好的死黨，呃，除了他那群樂手以外。」**

「請問你知道，嚴歡是什麼時候在音樂上展現出天賦的？」

「這個可就說來話長了……」

採訪仍舊繼續進行，從嚴歡的高中同學和老師，到鄰居朋友，還有他的父母。好好一個新聞節目，活脫脫地打造成一部勵志劇。講述一個有志不得抒的青年，是如何透過自己的努力在世界上拚搏出一番成就來。其中還夾雜了在充滿歧視的歐美樂壇，一個華人奮鬥是怎樣怎樣辛酸等等。

「這小子還真的是紅了啊。」藍翔感嘆。

許允笑笑，搖頭道：「只是胡士托的名聲，加上國內人的一點自尊心。這些採訪的人中，有幾個是真正聽過悼亡者的歌？」

「你可別這麼說，好歹也是個不錯的起點。」藍翔道，「最起碼現在有更多人知道了嚴歡的名字，以後就會有更多人去聽他的歌。」

「希望吧。」

「對了，付聲回來後現在在哪裡?他一個人住?有沒有請陪護?」

聽到藍翔的問題，許允的神色一瞬間變得有些古怪。「這個嘛。」他尷尬地咳嗽幾聲，「以後你就知道了。」

同一時間，悼亡者一行人的暫時居所內。

付聲以前租的公寓早就沒了，向寬那裡又有女朋友，不方便住這麼多人。於是他們只好收拾著行李，臨時住進了酒店裡。嚎叫唱片的國內分部，早早就派人為他們訂好了住處。以嚴歡現在的身價，也是能住上總統套房的人了。套房裡有兩間臥室，一主一客。出於某種四人心知肚明的原因，嚴歡與付聲睡主臥，向寬與陽光睡客臥。

這天，嚴歡正拿著一疊醫生開的資料看，就聽到向寬在那邊大呼小叫。

「嚴歡，嚴歡，快來看！你上新聞了啊啊啊啊！」

嚴歡被他拉過去，正好看到高中死黨李波被記者訪問的畫面。看了半天，他哭笑不得。無論是當時的同學老師，還是後來的鄰居，都拚命在說他好話。就連當初嫌棄他在課堂上打瞌睡的數學老師，這時候也一本正經地說，每個孩子都有自己的天賦，我們不應該用應試教育的範本來強制他們。

嚴歡看了半天，只得出一個結論——那個被人捧成這樣的人是誰啊，他認識嗎？

「嘖嘖，太假了。」向寬一邊批評，一邊嗑著瓜子看得津津有味，「我說嚴歡你這就是出名了吧？」

嚴歡想了片刻，認真道：「他們就只是跟風而已。」

國內搖滾有死灰復燃的趨勢，他又是第一個在國外闖出這麼大名堂的人，大勢所趨，他就這麼被拿來當宣傳了。

陽光這時候穿著睡衣從客臥出來，開玩笑道：「嚴歡，這下我們三個加起來，也抵不上你一個。」

嚴歡想起自己一路走來受到的幫助，不由得也感嘆：「我只是很幸運。」

巡演的時候碰到了格外熱心的老粉絲班傑明，之後就像是星火燎原，再也停不下來了。自從在影片網站引發熱度，嚴歡又在各大社交網站出了一把風頭。要知道這年頭的人都是足不出戶，只拿著手機在網路上交流的。這下可好，專輯不斷再版又再版，銷量一路突破百萬。這個結果，就連唱片公司的人都始料未及。

雖然才剛破百萬的銷量，比起真正的大咖還是不夠看。不過對於嚴歡這個初出茅廬的傢伙來說，真的是一個很高的起點。恰好這時候胡士托那邊又發來邀請，於是他就徹底地爆紅了。現在想來，嚴歡還是感慨命運無常。

他在美國拚死拚活打拚了一年多，只能在一間小酒吧當駐唱。可就那麼最後半年的時間，卻從國外紅到國內，真是時勢弄人啊。

「付聲呢？」從回憶中清醒過來，嚴歡四處找人。

陽光笑道：「才一下沒見到就想他了。嚴歡，你的相思病可不輕啊。」

他這話說得似真似玩笑，讓嚴歡漲紅了臉。那個雨天他只顧著和付聲互相咆哮，倒是把門外兩人忘得乾乾淨淨。可想而知，就那種破爛環境，向寬和陽光在門外聽了個清清楚楚。連嚴歡那疑似表白的對話，也一字不漏地全聽完了。

嚴歡現在想起自己說的那些話，還是覺得臉紅，肉麻死了。可當時的那份心意卻是實實在在，沒有半分作假。就連現在，他依舊是那麼想的。

他不能沒有付聲。

付聲對於他來說，是搖滾路上的引路人，是和 John 一樣的啟蒙老師，是最重要的伙伴。

「就沒有別的意思了嗎？」John 冷不防插嘴道。

因為他好久沒出聲了，嚴歡竟然愣了一下。

「其實我也不歧視同性之間的戀情。」John 又補了一刀。

這次可好，嚴歡的臉就跟燒紅的炭一樣。

「我、我去找人！」話音未落，他就跑得不見人影了。陽光還在納悶，難道是自己調戲得太過頭了？

殊不知，比他調戲得更過分的某個老鬼，此時呵呵笑著，意味不明。

嚴歡找到付聲的時候，他正坐在陽臺上。

酒店樓下是熙熙攘攘的車水馬龍，付聲就這麼看著遠處，不知在想些什麼。像是聽到嚴歡的腳步聲，他側過頭來，臉上原本嚴肅的表情放鬆了很多。

「過來。」付聲朝他招招手。

嚴歡雖然感覺這動作很像在叫小狗，但還是控制不住腳步地走了過去。剛一靠近，付聲就把他抱了滿懷。

「讓我抱一下。」

頓時，才剛冷靜下來的嚴歡又漲紅了臉。他想抗議，可是看見放在付聲腳邊的吉他，話到嘴邊就變了。

嚴歡小心翼翼道：「你……現在還行嗎？」

付聲聽見這話，挑眉看他。

「你問我行不行？」他嘴角帶出一抹笑，「你要試一試嗎？」

經過這幾天的調養，付聲的氣色好轉了不少，此時一笑，襯上他迷人的容貌，瞬間就將嚴歡的三魂七魄都拐跑了。等他意識到付聲的話中深意後，整個人頓時僵住。

不、不、不是他想的那個意思吧，付聲這是在調戲他？

嚴歡結巴著不知道該怎麼回答，難不成要回「你行你上啊」？上個頭啊，菊花還要不要了！

就在他糾結的時候，付聲淡淡道：「不是不能彈，只是手指不聽使喚，大概是毒素對神經的影響還沒有消除。」

嚴歡一聽，整顆心都揪了起來。

這就是不能再彈奏的意思，付聲當不成吉他手，他要放棄最心愛的搖滾了?!嚴歡想起這幾天每每付聲毒癮發作時的樣子，又不忍心說什麼。可一想到那個拿著吉他就恍若天下地上唯我獨尊的付聲，再也不能彈吉他了，他就恨不得把自己的手剁給付聲算了。

「但是如果我不能彈的話，某個人就再也不唱了。」付聲又悠悠來了一句，「哪怕是為了全國人民，我也不能就這麼放棄。」

付聲、付聲這是在開玩笑，付聲竟然會說笑話了！嚴歡風中凌亂。

就在這時，付聲捧起他的手，放到嘴邊輕輕吻了一下。

嚴歡聽到他低沉的聲音附在耳邊。

「為了你，我會再次拿起吉他。」

兩個人緊緊對視著，彷若眼中只有彼此。

「不是為了我。」嚴歡回握住他的手，「是為了你的搖滾，我們的夢！」

付聲笑了，一眨眼，好像整座夜空的星星都沉進了他眼中。

「你就是我的夢。」

八月十五日，悼亡者準備出發前往美國，千辛萬苦將所有人的出行手續辦齊後，出發前卻遇到了一個意想不到的問題。

不，或許是在預想之中——付聲的毒癮發作了。

付聲的毒癮其實並不嚴重，遠遠不到必須強制關在戒毒所的程度。然而即使是這種程度的毒癮，想要靠個人毅力戒毒也絕非易事。

「登機還有一個小時。」向寬焦急道，「他這樣子還能去嗎？」

付聲不斷乾嘔著，臉色蒼白如紙，甚至連自己坐直的力氣都沒有，只能半靠在嚴歡懷裡。

嚴歡看著這樣的付聲，緊咬著牙不說話。

付聲毒癮發作的模樣他已經不是第一次見到。頭幾次的時候，忍耐時的付聲甚至差點將舌頭咬斷，為了避免他自殘，嚴歡將自己的手塞進他口中，但是付聲卻望著他，硬是沒有再咬下去。

那一次，付聲渾身滲透的汗水將整個地板都浸溼了，那也是嚴歡第一次親眼見證，毒癮究竟有多麼可怕。患上毒癮的人最難以戒除的不是對毒品的生理依賴，而是心理依賴。一種強烈的吸毒渴望會時時壓迫著他們，使他們不惜千方百計也要吸食毒品。要想徹底戒毒，只有斷掉這種心理依賴，將這種依賴轉移到其他地方。

嚴歡找了很多書，將上面的方法試用到付聲身上，卻沒有見效。這一次，毒癮更是在即將出發的時候再次發作。

後天就是音樂節開幕日，這種狀況的付聲還不知道能不能登臺演出。看見他這個模樣，悼亡者的每個人都很著急。

「怎麼辦?要不我打電話延期機票，我們明天再去。」向寬原地打轉，想著各種方法。

「實在不行，只能請醫生來給他打幾針⋯⋯藥劑。」陽光道，這種戒毒藥劑含有部分麻醉成分，有的甚至和毒品沒有兩樣。

一直忍耐著沒有出聲的付聲，這時抬起頭，黑色眼珠毅然決然。

「不。」

他只說了一個字，就冷汗直流。

在場的人明白他的意思，麻醉藥物雖然能緩解一時痛苦，但並不是戒毒的良方，而且還會影響神經。對於想要恢復吉他彈奏實力的付聲來說，更是大忌。

「去登機。」付聲咬著牙，「別管我。」

向寬剛想拒絕，嚴歡卻開口了。

「你們先去，幫我和付聲換成晚上的機票。等他熬過去了，我再和他一起飛過去。」

「就你們兩個，沒問題嗎？」

向寬還是有些不放心，但是陽光看著下定決心的嚴歡，彷彿明白了什麼，推著向寬離開。

「我們在那邊等你們。」

等他們都走了，房內只有嚴歡和付聲兩個人。

嚴歡看著付聲，眼中閃過許多複雜思緒，最後他站起身，拉上窗簾，反鎖上門。

「付聲。」

正被毒癮折磨得快神志不清的付聲，聽到有人喊自己的名字，他費力地睜開眼，看見嚴歡慢慢湊近。他靠得極近，付聲甚至可以數清他的睫毛。

那睫毛上下起伏，暗藏著主人波動的心緒。

然後，付聲看見他輕輕湊到自己耳邊。

「還記得那天你說的話嗎？」

這聲音猶如一道電流，瞬間從耳朵鑽入四肢百骸，最後停留在某個難言的部位。付聲感覺心跳加快，全身的血液彷彿在一秒內被點燃。他的喉結上下滑動，看著近在咫尺的人，沙啞道：「你想好了？」

「嗯。」

嚴歡靠近，捧起付聲的臉龐。看著這張稜角分明的面容，這個幾年以來占據自己生命重要篇幅的人。他下定決心，將唇輕輕地貼了上去。

第一次的吻，是在演出結束的後臺。黑暗之中，他只感覺到付聲火熱的唇，還有強迫著自己的力量。

第二次的吻，在吹進冷雨的出租套房，狼狽不堪。付聲的唇冰冷，沒有挾制他的力道，卻有一股熱流從兩唇相交的地方汩汩流入他心裡。

第三次的吻，在拉上了窗簾的酒店房間，對著因為毒癮而虛脫的付聲。沒有浪漫的場景，沒有虛無的誓言，沒有明確的告白，但是在這一刻，嚴歡知道自己什麼都不用說。

心意，用身體表達就可以。

付聲的唇略薄一些，因為毒癮發作的緣故，溫度也同樣冰涼，但是嚴歡親吻起來卻覺得像是含著一塊熱炭。他的唇微微顫抖，不由自主想後退，卻被人制住了後背。嚴歡抬首，望進一雙漆黑的深眸。那雙眼，此時沒有了痛苦，也沒有了隱忍，像是天邊璀璨的星辰，將人的神魂吸去。

付聲環住嚴歡的背，望著他，輕勾起唇角，片刻後將人用力拉過來，再次唇齒相交。

親吻的時候，身體的血液都湧向一處，大腦一片空白，整個人都在沸騰燃燒。肌膚隔著薄薄的衣服接觸，可以清晰地感覺到對方的體溫。那感覺像是流入一個巨大的熔爐，兩具身體，兩顆心，彼此交纏，重塑成一個完整的生命。

嚴歡微微喘著氣，想要尋找一秒的空隙，然而付聲卻緊追不捨地纏了過來。這一次連舌尖都纏繞在一起，相濡以沫，黏溼的觸感在彼此口舌中過渡。相交的舌，像是兩條緊緊纏繞的蛇，沒有一絲縫隙。

嚴歡覺得自己快窒息了，付聲卻彷彿索取得還不夠。他的雙手猶如囚籠，將嚴歡鎖在自己身上動彈不得。接吻的唇早已經發腫，卻更刺激了付聲的欲望，像是沙漠中的人渴求甘霖般，渴求著嚴歡的每一絲氣息、每一滴溼潤。

在這種灼熱的氣氛下，嚴歡逐漸失神，不知過了多久，等他再度清醒過來的時候，發現自己正躺在沙發上，付聲卻不見了。嚴歡瞬間坐起身，想要去尋人。然而雙腿失力地一滑，他踉蹌地坐倒在地，這才發現自己渾身一點力氣都沒有，像是被吸幹了一樣。頓時想起之前那纏綿的吻，嚴歡的臉瞬間漲紅。

然而此時，他卻隱隱聽到了一種聲音，熟悉的聲音。

開始的時候，還不是很連貫，一下一下彷彿羽毛掃在心頭。漸漸地，這聲音逐漸變得有韻律，音律輕柔，似在訴說著綿綿情話。

嚴歡張大嘴，不敢相信地看向窗邊。那裡，一道修長人影靠坐在牆邊，輕輕撫弄著手中的吉他。那熟悉的節奏，熟悉的動作，一下子讓嚴歡的眼眶溼潤起來。

這是他時隔兩年，再次聽到付聲的吉他，也是他第一次聽到付聲彈奏這麼輕柔的旋律。

情話般溫柔，卻比那更深。

付聲停下彈奏，看了眼嚴歡，眼中帶著一絲笑意。他放下吉他，一步步向嚴歡走來。走到嚴歡身前兩步，付聲突然半跪下來。

「現在還只能彈這麼快。」他說，「不過，會越來越好。」

嚴歡笑了笑，「那毒癮好了嗎？」

「還沒。」付聲道，「但是，我已經找到更讓我欲罷不能的東西。」

他抬起嚴歡的下顎，低頭吻了上去。

07

#Pray it out
帷幕升起又落下

旁的人。

飛機逐漸下降，離開平流層。

直到飛機下降到足夠的高度，可以清晰地看見陸地上的建築，嚴歡才推了推身旁的人。

「醒醒，我們到了。」

付聲睡得有些迷糊，他睜開眼，似乎並不清楚自己在哪裡。在看到嚴歡的一瞬間下意識地將他勾在懷裡，輕輕吻了一下。嚴歡臉漲紅，看了眼坐在旁邊位置的乘客。那位乘客很理解地對他們笑了笑，並沒有特別的反應。

嚴歡這才意識到，他們已經離開了家鄉的那片土地，來到了另一個國度。這裡不會有太多的歧視，也不用特地掩飾兩人之間的關係。雖然嚴歡以前也在美國待過兩年，但是這次不一樣，這次他不再是孤身上路。

出站的時候，安檢人員看著兩人的吉他盒，笑道：「瞧瞧，又來了兩個樂手，你們不會也是來參加胡士托音樂節的吧？」

「我們是來參加演出。」嚴歡點了點頭，對方卻在下一秒內叫起來。

「哦，上帝，真的？我不敢相信，除非你把邀請函拿出來！」

不給你看邀請函就過不了關了嗎？嚴歡無奈，邀請函在向寬他們手裡，怎麼證明？好在安檢人員也沒有真的為難他們，意思意思就放兩人過去了。

抵達紐約州時，已經是當地時間下午五點。夕陽透過透明的機場大廳玻璃照了進來，打在身上為人鍍了一層淺金色的光暈，像是金色大舞臺上的特殊光幕。

嚴歡看著，回頭對付聲道：「看看老天都為我們布置了出場舞臺光，最好的！」

自從付聲回來後，他的心情就一直高漲，看什麼都順眼。

付聲看著他，無奈地笑了笑。

「是的。」他握緊了與嚴歡交握的手，心想，最好的在自己手裡。

兩人相視一笑，抬腳就要踏出機場。

「嘿，等一等，等等我！」

一個人喘著氣跑過來，喊住了他們。嚴歡回頭一看，竟然是剛才那個安檢人員。

「總算找到你們了！」這個看起來像是臨時翹班的安檢人員喘著氣對兩人道，「你們剛才說的話，都是真的嗎？你們真的要去胡士托音樂節表演嗎？」

付聲臉色暗了下來。自從出了劉正的事情以後，他對陌生人就更加防備。平時對著嚴歡還能笑幾下，在陌生人面前可是連嘴角都不會抬高幾分。此時，看著這個打擾了他與嚴歡相處時間的人，付聲冷道：「和你有關嗎？」

安檢人員似乎也意識到自己冒昧，尷尬地抓了抓後腦勺。

「抱、抱歉，我只是太激動了。你要知道，自從第四屆音樂節舉辦消息放出來後，大家都瘋狂了！我只是想，如果你們真的是表演的樂團，能不能幫我簽名？」

嚴歡「噗哧」一笑，「即使你根本就不認識我們是誰？」

安檢員不在意地揮了揮手，「那有什麼，等音樂節過後，全世界都會知道你們是誰！好了，現在讓我們來談簽名的事吧。請相信我誠懇的……」

最後實在是耐不住他磨人的功夫，嚴歡只能拿著對方遞出的筆，在紙上簽了名字。他寫的是悼亡者的名字，想了想，又對這個安檢人員道：「這可能是全世界第一份簽名，你可要收好了。」

安檢人員張著嘴巴，顯然已經不知道該說什麼好。

離開時，嚴歡想起對方震驚狂喜的表情，還是忍不住笑。付聲瞥了他一眼，「很好玩？」

「好玩，但我也沒有騙他。」嚴歡笑說，「這確實是樂團重組後簽出去的第一份簽名，很有紀念意義嘛。」說著，又對付聲擠眉弄眼，「不然我也簽一份給你？」

付聲發現，自從自己不再對這個小子擺臉色後，他是越來越厚臉皮了。以前看見自己冷著臉還會有幾分害怕，現在不貼過來蹭就算好了。付聲想，自己是不是有必要重整一下大家長的威嚴？想想又算了，其實嚴歡主動蹭過來，他也挺滿意的。

出了機場後，到目的地還有幾小時的車程，兩人為了節省時間，就直接找了輛計程車。用嚴歡的話來說，反正是主辦方報銷，不用白不用。他在美國的頭一年實在是窮怕了苦累了，現在就想盡方法占人家美國佬的便宜。付聲對此不發表意見。

晚上九點多，計程車從高速公路上下來，開始向小鎮駛去。這時候音樂節舉辦地附近已經聚集了不少人，一路上他們看到的車，十輛車中有八輛都和他們開往同一個目的地。

計程車司機是個中年大叔，而且還是家傳計程車事業。

他說：「這場面已經十幾年沒有啦。」

司機大叔一開口，就停不下來，一直嘮叨著。

「幾十年前，六〇年代末吧，這裡還只是個小鎮。當時鎮上有個農場經營者，對，就是他把場地借給了主辦方，這才有了一九六九年第一次的胡士托音樂節。當時搖滾歌手和嬉皮的名聲可不好，為了這件事附近的居民不知道來找他抗議多少次。要不是農場經營者頂得住壓力，恐怕後來就沒有胡士托了！哈哈，忘記跟你們說，這位農場經營者是我叔叔的表姐的外公。」司機話音裡帶著一絲淡淡的自豪與炫耀。

雖然嚴歡不知道這八竿子打不著的親戚有什麼好炫耀的，但是他也能理解當地人對胡士托音樂節的特殊感情。

胡士托音樂節的舉辦地，只是紐約州一個名不見經傳的小鎮。在一九六九年以前，根本沒有多少人在意這個小鎮，但是在那年八月以後，這個小鎮紅遍了全世界。四十萬名嬉皮聚集在此，創造了為期三天的狂歡。為了抗議越戰、呼喚和平，他們提出「做愛不作戰」的口號。三天時間內，這群年輕人用自己的實際行動，證明了他們不是垮掉的一代，不是毫無大腦的叛逆青年。四十萬人聚集在一個小小的農場，竟然沒有發生任何流血和鬥毆事件。唯二的兩例死亡，一個是因為意外事故，還有一個……呃，是吸毒過多致死。

搖滾青年和毒品，從來就是兩個不可分割的詞彙。嚴歡想到此，瞥了眼身邊的付聲，心想，也許經此一遭，付聲能更加體會到當年那些前輩的感悟？畢竟，大家都受過毒品迫害嘛。

可是下一秒，他立刻把頭搖得跟撥浪鼓似的。去去去，想什麼呢，毒品這種玩意，最好還是別碰！

大叔還在誇誇其談，一路上為兩個來自中國的搖滾樂手，栩栩如生地描繪出當年的盛況。

「你們知道嗎？本來音樂節是賣門票的，可是後來人實在太多了，而且許多人提早到場，舞臺都還沒布置好，主辦只好不收門票了！哈哈，可是誰知道這樣引來了更多人。

「當年到紐約州伯利恆的高速公路上都堵滿了車，到後來政府不得不下令封堵高速公路，禁止人們繼續前往音樂節。聽說，當時有一百萬人被堵在高速公路上，而抵達現場的四十多萬人也遠遠超過了預期。

「那時候大家都在關心和越南打仗的事情，誰會想到有一群不服管教的小伙子大老遠跑過來參加搖滾音樂節。這麼一搞，招兵處的那群官員不知道少招了多少大兵！全美的青年，心思都在這裡啦！還有，聽說後來當地的政府官員，還因為這事被拉下臺，嘿，你說他倒楣不倒楣。」

隨著他的描述，嚴歡在心裡勾勒出一個畫面。

在二戰結束後，才剛和平了二十多年的那個年代。二戰末期出生的青年們，被主流媒體斥責為不思進取、不會吃苦，生來就享福的、垮掉的一代。然而，就是這樣一群被認為毫無用處的青年，用他們的熱情撐起了一個音樂史上的奇跡。

在那之前，從來沒有哪個音樂節有這麼大的影響力，震撼世界地喊：不要戰爭，要愛與和平！雖然「做愛不作戰」的宣言有點大膽和超前，卻赤裸裸地將年輕人們的感情呈現在世人面前。

這就是胡士托，銘刻了搖滾的靈魂，深深地融入所有搖滾樂手的血脈之中。

在一九六九年之後，有人重辦了幾次胡士托音樂節，但成效都遠遠比不上最初的那次。一九六九註定是個神話，不能被超越，也不能被模仿。

這一次的胡士托音樂節，是對第一屆的致敬，時隔二十多年再次舉辦，在全世界都掀起了巨大的浪潮。打個比方，相當於教徒心中的聖地，胡士托就是搖滾迷心中的聖域。

「到了。」

司機將車停了下來，回頭看向兩人。

「祝你們的搖滾之旅一帆風順，小伙子。」

嚴歡和付聲小心翼翼地護著吉他，在擁擠的人群中穿梭。

此時，已是當地時間晚上十點，照理來說人們早該撤退回家了。可是在農場周邊，卻有一大群年輕人聚集。這群青年打地鋪、紮帳篷，聚在一起嘻嘻哈哈。

宿營地內幾乎沒有下腳的地方，帳篷像痘痘般一夜之間冒了出來，密密麻麻，一眼看去就像是撒多了豌豆的披薩，連一塊平地都看不到。

嚴歡只是目測了一下，便覺得有些頭暈。聚集在周邊的最起碼有數萬人吧，這還只是他視野內可見的人數，整座農場周圍還有許多其他宿營地，加起來還不知道有多少人。這群搖滾嬉皮似乎有著用不完的熱情，篝火旁爆發出一陣陣的笑聲。火光映照在每個人臉上，沒有一張面容不帶著笑容。嚴歡看到一個滿頭白髮的老頭，站在人群外聽著年輕人的搖滾，眼中流露出懷念的神色。

他心下一動，想到了 John。如果老鬼現在也在現場，是不是和那些老人一樣帶著一股悵然，看著又一批年輕的嬉皮，回憶起自己的年輕時代呢？他的想法還沒在腦海裡轉一圈，就遭到了 John 的無情嘲諷。

「懷念？」John 道，「搖滾樂手就應該永遠走在潮流最前端，被時代甩下是種恥辱，懷念是失敗者才有的情感。」

嚴歡無言了，「是啊是啊，如果你還活著，這群人還不知道要被你怎麼折磨呢。」

話一出口，嚴歡就知道糟了。當著老鬼的面這麼說，這不是戳人痛處嗎？

還好，老鬼對他的話沒有什麼特別反應，只是淡淡道：「世上沒有如果，假設不成立。」

嚴歡連連點頭，乖乖受教，一點都不敢再反駁，生怕什麼時候一不小心又戳到老鬼的舊傷。

「發什麼呆呢？」付聲伸手拉了他一下。

嚴歡這才從腦內交流中回過神來，意識到自己差點直接從某個人身上踩過去。他連忙對人家道歉，語氣誠懇，表情真摯。正準備發火的受害者看著真誠道歉的嚴歡，想了想還是把舉起的拳頭放下了。可心裡卻委屈，法克，差點被踩到的是我好嗎！後面那黑臉大漢，你為啥那麼凶狠地瞪著我，我才委屈好嗎！

嚴歡渾然不知自己在付聲的庇佑下，躲過了一次小糾紛。他心裡還很開心地想，誰說玩搖滾的人都衝動好事，這位不就挺好說話的嗎？黑臉大漢付聲將人拽了過來，帶著他繼續走。

「剛才想什麼出神？」付聲問。他很早就發現嚴歡有走神的毛病，和樂團的大家待在一起的時候還好，一人待著的時候經常雙目放空，望著某處碎碎念。不知道的人還以為他是撞鬼了。

可不就是撞鬼了！這鬼還在身上住了三年呢。嚴歡有些糾結，他現在最不願意欺騙的人就是付聲，可偏偏在 John 的這件事上，又不得不繼續隱瞞。說是被鬼附身了，而且這鬼魂還是大名鼎鼎的那個誰，想必就算是付聲也會認為他是精神錯亂了。

嚴歡不想被人當成精神病，所以他暫時還不能說，對付聲的疑問只能支支吾吾地敷衍過去。可又想到每次和付聲親密接觸的時候，都有個老鬼在一旁如影隨形地盯著，他心裡也毛毛的。這事可真難辦。

老鬼笑了兩聲，幸災樂禍。

而這個時候，在宿營地步行了整整半小時的兩人，總算是走到會場的正式入口了。柵欄裡三層外三層，將嬉皮們攔在外面。然而這樣還是擋不住這群人的熱情，有人靠在柵欄邊，向裡面的工作人員吹著口哨，還有人拚命往裡面張望，想試試能不能看到一兩位搖滾大咖。

付聲和嚴歡兩人遠遠走來，老早就被這群人盯上了。直到他們走到入口處，火熱的視線幾乎快把兩人點燃。付聲對著守門的保安說了一句話，那邊人群就騷動了起來。不知是誰最先行動，所有人都向兩人擠了過來，張牙舞爪，神情激動，看起來就像要活吞了他們。

嚴歡下巴掉在地上，被嚇得在原地動彈不得。危急時刻，保安機智地開了門，有人飛快地伸手將付聲和嚴歡兩人拽了進去。「砰」地一聲，鐵欄杆又在後面合上。嚴歡回頭看去，看到幾十個搖滾青年和十幾個保安正隔著一條鐵門互相對抗，擠得面紅耳赤。那場面太激烈，讓人不忍直視。

「萬幸萬幸，總算是沒有被他們抓住。」拉住嚴歡的是向寬，鼓手慶幸道，「你不知道昨天在B入口，有一群樂手進來的時候被人扒得只剩內褲了。」

嚴歡打了個寒顫，下意識地捂住襠部。

「這麼熱情？」

「嘿嘿，這群嬉皮恨不得將每個進來的樂團都扒乾淨。」向寬感嘆，「這是怎樣的一種愛啊。」

這是怎樣的一種神經病啊。嚴歡再次意識到，聽搖滾的人都有點不正常，他不幸也隸屬其中。

「走吧，帶你們去睡覺的帳篷。」陽光在前面開路，「凌晨有一場排練，得把握時間休息。」

至此，悼亡者一行四人，總算是在美國聚齊。

帳篷不大，只能睡兩個人，四個人擠在裡面就顯得悶熱。可是嚴歡卻樂意擠在一塊，和向寬打屁，被陽光吐槽，再順便被付聲拍兩下腦袋。自從和付聲有了不可說的關係後，這拍腦袋也和以前不一樣，有技術含量了。如果說以前拍，那是前輩對不爭氣晚輩的惱怒。那麼現在拍，就是年長的戀人對年輕情人的一種溺愛。這兩人一個你拍一下我笑一下，你拍一下我笑一下……簡直閃瞎向寬和陽光兩人的眼。

「行了！能不放閃了嗎？」最後向寬終於受不了了，將付聲和嚴歡兩個人踢出帳篷，「要秀恩愛就回自己帳篷去！」

正在傻笑的嚴歡迎著冷冷夜風，看著向寬毫不留情拉上了帳篷的門簾。

「他這是怎麼了？」

「嫉妒。」付聲握緊他的手，為他取暖，「別理他。」

嚴歡又樂了，付聲這種我就是在秀恩愛你拿我怎樣的表情，要是向寬見到了，肯定又要吐血三升。

「回去吧。」付聲領著嚴歡走回他們自己的帳篷，嚴歡心裡樂顛顛的，正尋思著怎麼再說幾句肉麻情話。可後脖子突然一涼，汗毛「嗖嗖」地豎了起來。

他站住不動，疑惑地向身後看去。

「怎麼了？」付聲問。

茂密的小樹林在夜色下微微搖擺著枝葉，月光幽靜，樹影深深，不見半個人影。嚴歡回頭，困惑道：「沒什麼，也許是我的錯覺。」

怎麼剛才有種被人狠狠盯著的感覺，難道真的被那群嬉皮嚇到了？

凌晨，樂手們紛紛走出帳篷，開始準備為明日的正式開幕做彩排。悼亡者一群人被分在C舞臺，同舞臺的有許多樂團，嚴歡都耳熟能詳。其中一支樂團，嚴歡看見他們的時候舌頭都打結了。

「你、你、你……」他很不禮貌地指著對方，因為驚訝過度而忘記說話。

「我、我、我，晚上好啊，小伙子。」年長的樂手善意地取笑他，走過來道，「兩年不見，你當年說的話兌現了。了不起，年輕人。」

一群頭髮花白的樂手看著嚇傻的嚴歡，樂呵呵地笑了起來。

Mr. BIG！當初在濱海酒吧做過現場演出，當時徹底震撼了嚴歡的那支樂團！記得那時還是高中生的嚴歡追著他們就跑了出去，對著幾個跨世紀的老樂手高喊——我會成為像你們那樣的人！

一轉眼兩年過去，悼亡者和 Mr. BIG 真的站上了同一座舞臺。而其中經歷的風風雨雨，又不是時光可以輕易道出的。老前輩們善意的取笑，讓嚴歡有一種感覺——啊，我真的到了這裡，來到這世上最輝煌的搖滾舞臺，和我的伙伴們一起！

群星的大門，在這一刻向他打開。他看見夜空中那億萬顆星辰，而悼亡者也將成為其中之一。

付聲在他身後，輕聲道：「這一切，只是開始。」

初窺這片星空，才是他們踏進宇宙的第一站。

轟噠噠噠噠——

突然吹起一陣狂風，席捲地面，劇烈的轟鳴聲彷彿要撕裂每個人的耳膜。嚴歡錯愕地抬頭一看，只見夜空中，幾架打著大燈的直升飛機正在緩緩降落。那上面搭載著本次音樂節最大牌的幾支樂團，為了不引起搖滾樂迷的騷亂，特地調用美國軍方直升機將人護送過來。

漆黑的夜色下，閃爍著白芒的直升機緩緩降落。

那一刻，嚴歡彷彿看見一顆炙熱的星辰向自己墜來。

搖滾青年的史詩，胡士托音樂節，拉開帷幕！

音樂節開幕前最後三小時，樂團在進行最後的彩排。

「嚴歡！」

正在排練的悼亡者聽到近處有人呼喚。嚴歡轉身一看，一個金髮藍綠眸的熟悉人影竄進視線。

「貝維爾！」他高興地招手，「你來了，怎麼沒有提前告訴我？」

貝維爾笑道：「你都能單槍匹馬地把悼亡者帶來，我們KG要是不能來，豈不是太丟臉？話說這麼久不見，親愛的，你有沒有想我啊？」

這支現今最當紅的英倫樂團的主唱，號稱下到少女上到師奶，無所不殺的貝維爾．帥斃．丹尼森，此時正努力散發著全身的荷爾蒙，對嚴歡使出必殺燦爛笑容。

即使是陰天，嚴歡也被對方身上好像具象出來的閃光刺了一下。他下意識地瞥了眼身後的付聲，見吉他手並沒有什麼特殊反應，依舊低頭撥弄著弦，似乎根本沒有注意到這邊發生的事情。

嚴歡不知是鬆了口氣，還是隱隱感到失望。他離人型發光體貝維爾稍微遠了一些，才開始回他的話。

「跟著KG樂團巡演讓我學到很多，分別之後我也很想念大家在一起的時光。」

貝維爾還是有些失望，不甘心地道：「想我們，那你有沒有特地想某個人呢？嗯？」他眨著眼睛，利用種族優勢長睫毛頻頻放電，誓言要動搖嚴歡這座久攻不下的堡壘。

跟在他身後的KG樂團團長，已經手扶著額頭，一副不忍目睹的模樣。嚴歡也被貝維爾銷魂的尾音寒了一下，摸了摸手臂上起的雞皮疙瘩，正要說些什麼，「曾經……」

然而卻在開口之時，他聽見了一句輕柔的歌聲。所有人都向他身後看去，嚴歡回過身，看見捧著吉他的付聲正在輕聲歌唱。

這是嚴歡第一次聽見他唱歌。

付聲的聲音，說話時低沉，唱歌卻顯得沙啞，像是秋天穿過廳堂的風，讓人茫然又無法抓住。他的雙眼輕閉，手指在吉他弦上自由翻轉，熟稔得好像這首歌已經在他心中輕唱了無數遍，早已銘刻在心。

「**曾經未來不知在哪裡，**
火花點亮卻又被吹熄，
漂泊的船，何處停泊，
孤獨的風，流無方向。」

沙啞的聲線，淡淡的情感，卻醞釀著看不見的深淵，將人拉進那迷惘絕望的世界。

吉他配合著他的歌聲，節奏減慢，但是每一個顫音都能引起人們一陣戰慄，彷彿孤獨無助就快要將他們吞噬、讓他們窒息。

「**我不知夢在哪裡，**
也不知心去何方，
我坐在孤寂夜裡，
等誰爲我撐起，
——一片天明。」

如果在這漆黑的夜裡，有誰能點燃一片光，為他取得哪怕片刻的溫暖，那這人是誰？會是誰？

「出現在夢裡的是你，

一身塵土，鉛華卻洗淨，

黑白無聲，時間流離，

熄滅的光，又再燃起，

——是你唯一。」

是你！

付聲在此時抬頭，正對上嚴歡的視線。吉他手的那雙黑眸將嚴歡緊緊釘在原地。明明視線沒有實體，無影無形，嚴歡卻覺得自己被一股強大的力量籠罩住。那股占有的力量，將他每一絲皮膚徹底包裹。緊纏住他，讓他再也不能動彈，就像最後一句歌詞唱的那樣——

「……**這個世界，無法逃離。**」

歌手在此刻停下，嚴歡卻被付聲的視線捕獲，不能移開分毫。時間彷彿停滯，哪怕是風聲、陽光、蟲鳴，都在這一瞬靜止。整個世界，只剩下相望的兩人。

嚴歡突然覺得心臟猛烈跳動了一下，「砰砰」，靜止的魔法消除。他看見一片落葉旋轉著飛過兩人之間，然後，付聲笑了。那笑容帶著勢在必得的意味，以及破釜沉舟的決心。

無法逃離！就像歌詞裡暗示的那樣，嚴歡明白自己下半輩子，是別想從那人身邊離開了。

這甚至不能說是一首歌，只是簡單的一個小曲，但是付聲卻用比歌聲還要奪目的吉他，彈奏了出來。沒有特別的炫技，沒有激昂的起伏，卻讓人身臨其境，猶如夢中。

這幾乎是另一個境界，驀然回首，那人卻在燈火闌珊處。

付聲的吉他功力，又上升了一層。

嚴歡和眾人還未從歌曲中回神，付聲已經放下吉他，大步向他走來。

「你……唔！」

根本不給他時間出口詢問，付聲摟住他的後腦勺，以吻封緘。而他的眼睛，就像燃燒著黑色的火焰。他看著嚴歡，沒有說話，兩人卻心意相通。

世上最幸運的事，就是你愛的人和你，都有同一樣僅次於彼此的最愛事物。對於嚴歡和付聲來說，這就是搖滾。他們因此相識，因此分離。搖滾之重，是生命中無法隔離的血脈。

而現在付聲用一首精心準備的歌曲，填補了兩人從未正式說出口的告白。用搖滾，來宣示他們的愛。

這是融入骨髓的愛，你，還有搖滾樂。

在場的人都大聲地起哄，為兩人慶賀鼓掌吹口哨，氣氛一時間攀升到最高點。就連貝維爾在看見眼前這一幕後，也明白自己不可能插足。他慨慨地嘆了口氣，KG團長在一旁安慰這個剛剛失戀的傢伙。

「我有一種錯覺。」向寬一邊鼓掌，一邊用吃醋的口吻道，「這兩人根本不是來參加音樂節，他們是來度蜜月的吧！」還老是在大庭廣眾之下放閃，刺激他這個與女友相隔兩地的男人。

陽光微微一笑，不做表示。

然而在場所有人，包括付聲在內都沒有想到，嚴歡在幸福之外還有一個意想不到的麻煩。

「**你就不能閉上眼睛嗎！**」嚴歡惱怒地痛斥。正和付聲吻到動情，卻被某老鬼突然冒出的笑聲掃了興，他覺得自己都快要不舉了！

「年輕人真是按捺不住。」John調侃道，「你以為我想看你們親嘴，你以為我願意三百六十度無死角地監視你？你以為我不想在你打手……」

「夠了夠了！快閉嘴！」嚴歡連忙制止他，防止他暴露更多自己的隱私，「我錯了，我再也不嫌您煩了。可是下次，我希望你能安靜一點，行嗎？」

John哼哼兩聲，「別只顧著談情說愛，別忘記了你們是來幹嘛的。」

經他這麼一提醒，嚴歡看了下天色，這才意識到他們這是在準備音樂節的排練中。

「那個，現在幾點了？」他猶豫了一下，開口問道。

這麼一問，在場所有樂手臉色都一白。

「啊啊啊！已經九點十分，離開場不到一個小時了！」有人慘叫起來，「我還沒有調音！」

一時間，現場一片慌亂。

「我的譜！」

「有人看到我的鼓棒嗎，有沒有人看到我的鼓棒？」

有人在找裝備，還有人在尋人。

「知情者有賞，誰知道我們主唱去哪了？我從早上醒來就沒看到他！」

之前光顧著看戲，不少人都忘了正事。經嚴歡這麼一提醒，樂手們手忙腳亂地做開幕前的最後準備。向寬看了眼雞飛狗跳的眾人，再看了看站在自己身旁、從頭到尾都保持著清醒的陽光，疑惑道：「你沒有看時間？怎麼不提醒我們？」

陽光眨著眼，無辜地笑道：「我也忘了。」

向寬發誓，信他才有鬼！

在意想不到的慌亂中，C舞臺的樂手們終於完成了他們最後的準備工作。

上午十點，音樂節正式開幕。

主辦射擊十二次禮炮，彩花從天空中緩緩飄落。一直被堵在門外的樂迷，終於被允許進場。那一刻，黑壓壓的人群猶如一條巨龍向會場四個舞臺湧來。嚴歡彷彿感覺到腳下的大地都開始震動。

C舞臺，可以容納五萬人的現場，開幕十分鐘，人群已經陸陸續續填滿了整個空地。最先熱場的是美國本土的老牌樂團，兼有饒舌風格的主唱挑動著人們興奮的情緒。站在後臺的嚴歡，只感覺一陣一陣的熱浪襲來。

那不是太陽炙烤的熱度，而是數萬人齊聲歡呼散發出來的二氧化碳。人潮已經嗨翻到如此地步，如果此刻在人群上空收集蒸騰而出的熱氣，大概不用多久就能集滿一車的水！

在這個最炎熱的夏日，迎來了最火熱的音樂節。

悼亡者排在下午第七個出場，不前不後的位置，只有兩首歌。在他們登臺之前，臺下的樂迷一直在喊著前一支樂團的安可。對於後面的樂團，這可是不小的壓力。因為如果你的表現不比之前的人出色，那就會被樂迷們毫不留情地趕下臺。

而排在悼亡者之前的樂團，正是 **Mr. BIG**。

嚴歡深吸一口氣，握緊手中的吉他，只覺得這一次比之前任何一場演出都還要緊張。他的心臟在胸腔裡不安分地跳動著，彷彿隨時都要跳出來。

臺上，現場ＤＪ已經在介紹了。

「下一支樂團！讓我們期待來自遙遠中國的——**The Prayer**！」

登上舞臺的感覺，只有站在臺上的人才能體會。

被無數雙眼睛注視著，被數萬人高呼著名字，那一刻就像是全世界都屬於你，你成為了獨一無二的寵兒，眾生之王。

這種掌控一切的感覺，會讓人上癮。

嚴歡幾乎覺得耳鳴，初上臺的那一秒，他耳朵裡只聽見「嗡嗡」的聲音。萬人一起吶喊的聲音，好像迫近在耳邊的龍捲風，將他投擲到一個紛雜繁亂的世界！

等好不容易適應了現場的嘈雜後，嚴歡發現，自己此刻正站在萬人陣的最中心——全世界最大的舞臺之一。臺下，無數雙眼睛就像是高功率的聚光燈，炙熱地照耀著舞臺上的樂手，緊盯著他們的每一個動作，從中找出每一絲細小的紕漏。

即使是見慣了大場面，在那一刻，嚴歡還是犯了個老毛病——他怯場了。輕撫著吉他弦的手指在微微顫抖，他自己卻沒有注意到。

別緊張，這是你等了三年的舞臺，這是證明悼亡者實力最好的舞臺！你不能搞砸。

嚴歡努力使自己鎮靜下來，卻沒發現他的緊張早被另一個人看在眼裡。

付聲上前一步，悄悄握住他的右手。

「你可以。」

嚴歡回頭，望進他的黑色眼睛裡。那眼中只有信任和信賴，沒有一絲懷疑。在這樣的注視中，嚴歡的心也安定下來。

「抱歉。」他道，「我總是在關鍵時刻靠不住。」

付聲緊了緊手，「如果你站在這裡還不緊張，那才是不正常。」

嚴歡輕笑一聲，知道他是在安慰自己，但是奇跡般地心裡也確實好過許多。之前的膽怯像是被風吹散，現在他依舊有一絲緊張，但更多的卻是自信。因為有付聲，有陽光和向寬，只要他們還站在自己身後，嚴歡就不再畏懼。

悼亡者和舞臺工作人員打好手勢，演出即將開始。

觀眾的喧鬧也逐漸減小，開始期待這支樂團將會有怎樣的表現。

一切都進行得很順利。

向寬的鼓聲就是行軍的號令，指引著整支樂團的方向。等到付聲的吉他響起，才是徹底震驚了臺下的聽眾。華麗的高音，低沉的變奏，這中間完美又不僵硬的轉折，將吉他手的實力充分展現在世人眼前。作為樂團的靈魂掌控者，陽光很好地控制著節奏，將曲調牢牢抓在自己手心。

一切都很完美，該到自己了，嚴歡深吸一口氣，上前湊近麥克風，同時抓住手裡的吉他，節奏吉他正準備切入樂團的旋律中。

不對！

才彈了一個聲音，嚴歡立刻就發現了差錯。

吉他的聲音不對，基本上不在調上，走音了?!

憋住一口氣，嚴歡只覺得渾身冷汗直流。情況怎麼會變成這樣？歪斜的音調，不僅是他聽出來了，場下的觀眾也漸漸覺得疑惑。主歌的部分還沒開始，竊竊私語聲已經傳開。

冷靜，冷靜，想想問題出在哪？調弦是早上才做的，不該有問題？不，在找原因之前，應該先做決定，現在該怎麼辦？繼續彈奏，還是放棄節奏吉他的部分？這樣對歌曲的演繹會不會有問題？

因為這個意想不到的差錯，嚴歡的腦海中閃過許多念頭，只是幾秒之間，他便覺得虛汗滲透了衣服，喉嚨乾渴。

「不要慌。」

關鍵時刻，一直與他相伴的 John 雷厲風行道：「停下彈奏，繼續下去樂迷們只會發現更多問題。」

「可是……和音會出問題。」

「你不相信付聲嗎？」John 道，「你的吉他走音，他肯定是第一個聽出來的，但是他現在有沒有來阻止你，或者是宣布暫停演出？沒有！」

「……」

「那是因為他相信你，可以搞定這些。你也要相信他，即使缺了節奏吉他，付聲一個人依舊可以撐起旋律。」John道，「歡，不要忘記，最開始我為什麼要讓你學習搖滾。」

——你的聲音不錯，可以試著成為主唱。

「在樂團裡，每個人都有自己的職責，而你的職責不僅是節奏吉他，更是樂團核心。」John道，「放出你的歌聲吧，歡。不要忘記，你現在正站在舞臺的最前方。」

舞臺的最前方，屬於主唱的位置！

嚴歡閉上眼，放開手中的吉他弦。深吸一口氣，再次睜眼時，他已經明白自己該做什麼。他是悼亡者的主唱，伙伴們已經將最完美的旋律演奏出來，那麼他的任務就是獻上最完美的歌聲！

付聲擊弦，像是一枚子彈正中眉心！而嚴歡，也在此時放出他的歌聲。

「**我不知夢在哪裡**——」

青年沙啞清澈的聲音，讓在場所有的人渾身一震。彷彿寒冷從皮膚侵蝕進骨髓，又在靈魂深處點燃了一團火焰。

「也不知心去何方——

坐在孤獨夜裡，聽那寒風再起，

等誰爲我撐起，

一片天明。」

清澈，又帶著些沙啞的聲線，將歌詞中空曠孤涼的意境再現眼前。嚴歡輕吸一口氣，與身邊的付聲對視一眼，他在吉他手眼中看到了信賴與鼓勵，便穩穩抓住麥克風，將心底的情緒徹底釋放出來。

這是上臺前悼亡者一致決定的，將付聲的歌稍作改動，作為他們登臺的第一曲。這是情歌，送給他們的情人搖滾樂，這也不是情歌，因為它並不婉轉迤邐，反而帶著一股憂傷和粗獷。

這是悼亡者樂團誕生至今的見證歌，是每一支獨立樂團的見證歌。

「曾問自己夢在哪裡，火光點亮又被吹熄。

無處停泊的船，流無方向的風，

不知該去何方，尋覓你的身影。」

那是在最初，不見天日的練習室。埋頭苦練，汗水揮灑，追逐著心中小小的火花，卻不知該去何處實現。為了夢想而拼湊起的樂團，帶著年輕人的衝勁，卻猶如搖搖晃晃的船，輕輕一碰便要散架。

經不起風浪，挺不過暴雨，最後葬身在夢想的大海，變身白骨骷髏。只留下年輕的淚，帶著青澀苦味。

那段最苦的時期，沒有人依賴，沒有人陪伴，天各一方，不知何蹤。就像是一隻離群的南燕，被狂風折了翅，卻還要踉蹌地繼續飛行。因為還沒有飛到牠心中的目的地。

失落感猶如附骨之蛆，牽動著人們的神經。看著臺上引吭高歌的年輕人，即便聽不懂歌詞，場下的樂迷也被一種渾然的蒼涼打動。但這並不意味著服輸，也並不意味著從此認命！

等到吉他手掀起華彩的新篇，鼓聲一次次密集，人們才明白這根本不是一首歌頌失敗者的歌！它先抑後揚，只為了襯托出之後的旋律。

出現在夢中的你！

你，並不指代誰，就像是一個泛指的詞，更像是某種堅毅不屈的魂。正是你，將低迷的人拉出懸崖，哪怕磨爛渾身的血肉，也要飲著血嚎著歌，重踏征程！

一點失敗算什麼，一點風雨算什麼。不深深跌落到塵埃裡，哪裡能明白陽光的可貴！

問為什麼，問值不值得？

為什麼不值得？傾盡全力，為自己的夢想拚搏，粉身碎骨也值得！

因為，這份愛，是唯一！熱愛充滿搖滾的世界，熱愛有血有淚的世界。所以——

「**這個世界，無法逃離！**」

也不願逃離！

嚴歡沙啞著喉嚨，喊出最後一句，血絲幾乎都要從喉管裡噴湧出來，就像是他胸中沸騰的感情，熊熊燃燒。

付聲收音，一切戛然而止，在最高潮的段落。

臺下，觀眾似乎還無法回神。明明是不同的語言，但是融入歌聲和旋律中的樂手熱血，卻無需語言便能表達。這條艱難的道路上，不僅是悼亡者，每一個曾經踏上這條崎嶇之路的人，都能體會這首歌中的辛酸辛辣，還有最後的吶喊。

無論是大樂團，還是小樂團。無論是成功出道，還是在前進的路上化為白骨骷髏。所有熱愛搖滾樂的人，只從這首歌中聽出了一個意思！

掙扎，掙扎，哪怕渾身鮮血，也要攀爬著向前！

轟——

片刻的寂靜後，就猶如地震一般，會場響起如雷的呼喊。鼓掌無法宣洩樂迷內心的激動，他們瘋狂地吶喊著，捶打著自己胸口，用盡一切來抒發心中的熱情。

愛你，搖滾！

直到這時，嚴歡才輕輕鬆了口氣。後背早已經被汗浸溼，喉嚨也在烈日的灼燒下變得乾渴，他接過一瓶水只顧牛飲，心中卻也像被甘泉滋潤，從來沒有覺得這麼快樂過。

現場的DJ恰到好處地渲染氣氛，帶著樂迷們高呼悼亡者的名字！不知是誰帶頭的，漸漸地，也有人呼喚起他們的中文團名。

聽著那一聲聲走調的中文，嚴歡失笑之餘，心裡卻是一團火熱。在這一刻，他終於明白，為什麼那麼多人夭折在途中，還是有無數人前赴後繼地愛上搖滾樂。

她其實並不無情，也不冷漠。

只要你愛她，她也會加倍地回報這份愛！

搖滾，也愛你！

悼亡者的胡士托初登臺，完美開場。

「悼亡者，悼亡者，悼亡者！」

聽眾們一聲聲地呼喚著他們的名，炙熱的空氣中，連呼吸都帶著火焰的溫度。

汗水從額頭直流而下，模糊了視野，帶進嘴中的是苦澀的味道！

喘息，嘶吼，嚎叫！

從喉嚨裡發出的已經不能稱之為聲音，而是野獸狂暴的吼聲，帶來一片同樣喧囂的回音！五萬人蒸騰出的熱氣，彷彿將現場化成一座熱霧彌漫的浴場，每個人都渾身溼透，然而更加溼潤的是他們的眼睛！

沒有人會忘記這一天！對於悼亡者的每一個成員來說，這更是一個里程碑意義的演出！

當你的付出，在世界上最大的舞臺得到了認可，當數萬人為你的音樂動容，沒有什麼比這個更加暢快，讓人想淋漓盡致地怒吼！

最後一刻，嚴歡不知道是什麼支撐著自己走到臺前謝幕。喉嚨裡彷彿灌著炭火，沙啞著說不出一句話。不過，此時已經不用他再出聲了！付聲從背後搭上他的肩膀，陽光和向寬也一左一右地圍在他身旁。臺下的觀眾更是已經替他喊出了聲：看到了嗎，世界！我們來了，世界！

無數雙手在眼前揮舞，無數人的吶喊和尖叫，然而在嚴歡眼中看見的，彷彿是他在鄉鎮小酒吧初次登臺的那一晚；又彷彿是和死黨翹家，第一次聽到付聲演奏的那晚；或許，讓一切都回到最開始的時候……

——我是 John，你是誰？

——我是嚴歡，一個學生。

——哦，那我就是一個搖滾樂手。

——搖滾是什麼？

「John，你看到了嗎？」嚴歡克制著內心的激動，在心裡道，「你當初告訴我搖滾樂是什麼，你帶給我第一曲藍調。現在，我終於也走到了這裡，可以和你看到同一個世界。」

John 沒有說話，透過嚴歡的眼睛，他可以看清場下的觀眾，看見身邊悼亡者的伙伴們汗流浹背的模樣。這三年多來，嚴歡走的每一步都是在他的見證之下。可以說，他是世上最瞭解這支樂團是怎樣成長起來的人。這種感覺就像是再一次經歷了自己的少年時期，看著一支樂團怎樣慢慢走向輝煌。

只是，John 自己的輝煌已經沒落，而嚴歡的征途才剛剛開始。

就在嚴歡以為老鬼不會回話的時候，John 終於出聲。很輕的聲音，幾乎要被嚴歡錯過。

「謝謝。」

John 在感謝什麼？

感謝嚴歡再次讓他感受到眼前這火熱一幕，感謝嚴歡讓他重新碰觸搖滾樂，還是感謝嚴歡，讓他知道無論在什麼年代，都有著一群為夢想追逐的年輕人？讓 John 回想起，半個世紀前一起與伙伴們叱吒風雲的自己。

John 沒有再說下去，嚴歡也沒有多問。

悼亡者在樂迷一聲比一聲高亢的歡呼中，鞠躬下臺。

在後臺，許久沒有人開口，但是嚴歡可以感覺到伙伴們激動的心情。就連付聲，此時緊抓著他的手也是那麼用力。掌心的溫度，就是他們此刻心中的炙熱。

有工作人員走上前來，找他們商量之後閉幕式上的演出問題。悼亡者本來沒有被安排閉幕表演，看來是這一次的演出讓主辦改變了主意。付聲看著疲憊不堪的嚴歡，揉了揉他的腦袋，起身。

「我去，在這裡乖乖等著。」

嚴歡幾乎是下意識地就拉住他。

付聲一愣，看見他眼中的不安與緊張，接著想到了什麼，回握住嚴歡的手。

「這一次，不會再丟下你一個人離開。」

他的眼中是全然的坦蕩堅定，嚴歡鬆開手，付聲便跟著工作人員去一旁談話。向寬與陽光也都筋疲力盡地癱倒在一旁，不只是身體上的疲憊，更多的是精神上的疲憊。這種大舞臺，對悼亡者的每一個人來說都是前所未有的挑戰。嚴歡也懶得說話，因此便在腦海裡與 John 有一搭沒一搭地聊天。

「John，為什麼你沒有參加過一九六九年的那一次胡士托？」

「你猜。」

「我看網路上有人說，你不來是因為被當時的美國總統禁止入境，你做了什麼膽大包天的事？」

John 笑了。

「有時候不是我做了什麼，而是別人害怕我做什麼。」

「是嗎？」嚴歡想了想，終於把一直以來掩藏在心底的疑問小心翼翼地提了出來，「那你現在，還會想起以前的團員嗎？」

這一次，John 長久沒有出聲，許久，他用一首自己的歌名來回答嚴歡。

「Let it be.」

一切都已經過去了。

無論是那個搖滾的黃金年代，還是屬於 John 的崢嶸歲月，都已經隨著他的離世而煙消雲散。現在的他，只不過是一個附在嚴歡身上，教會這個年輕人搖滾的一縷幽魂。

「珍惜你的伙伴，歡。」John 最後道，「無論在什麼時候，能一直陪你走下去的，還是他們。」

「嗯。」

嚴歡點了點頭，正想說些什麼。突然，心裡像是被敲打了一下，猛地慌了起來。怎麼回事，為什麼覺得這麼不安？嚴歡拚命自問，一邊撫弄著吉他。剛才在臺上，吉他的音調不準，嚴歡以為是自己調弦的問題，此時他細細檢查一遍，卻發現了不對勁。

吉他琴頭處有不明顯的歪曲，金屬的框架細微的扭曲，從根本上影響到吉他弦的音調。嚴歡愣住了，這明顯是人為動的手腳！可是誰會針對他，為什麼要針對他？他又想起昨夜剛剛進入宿營地時，那種好像被野獸窺視的感覺，似乎從一開始，一種詭異的不協調就悄悄潛伏在周圍。像一隻惡鬼，伺機對他們下手。如果真是這樣的話，那麼現在，剛從舞臺上下來而放鬆警惕的時候，豈不就是最好的下手時機。

嚴歡只覺得心都涼了，他不敢大聲呼喊，也不敢有什麼激烈的動作，害怕被可能躲在暗處的敵人看出破綻。他只能悄悄地環顧四周，想找出任何可疑的跡象。

如果是故意針對悼亡者的話，那麼就是他們得罪過的人。這個人有能力和勢力在國外對他們下手，但是又偏偏不能光明正大地出手，這人會是誰？

腦海中飛快閃過一個人名，嚴歡驚得站了起來！與此同時，他終於發現了那個隱藏在暗處的惡鬼！

那是一個蒙面男人，只看到一雙透露著憎惡的雙眼！嚴歡發現他的時候，男人已經掏出手槍，對著付聲的後背，扳機緩緩扣下！

不！胸腔撕心裂肺地疼，嚴歡紅著眼撲了過去，想要撲倒付聲！

然而，人的速度哪裡比得上子彈，他只能眼睜睜地看著付聲詫異地回頭，凶手露出猙獰的笑容！那千分之一秒，嚴歡的淚水洶湧而下！

整個世界變成一片黑白，他彷彿預見到一秒之後，等待自己的血淋淋的絕望。而他，只能徒勞地看著那一幕！

在最絕望的一刻，他似乎聽見心中有誰輕輕嘆了一口氣。而下一瞬，彷彿有什麼從血肉中被活生生地剝離，刻骨挖心的痛。

嚴歡的記憶空白了一瞬，等他再次回過神來的時候，聽見的是滿場憤怒的嘶吼和尖叫。

開槍的凶徒被保安迅速擊倒，壓制在地上動彈不得。嚴歡卻顧不上去看，他飛撲到付聲身上，幾乎是顫抖地抱住他。淚水、鼻涕混合在一起，嚴歡根本看不清眼前的人，也不知道自己現在哭得有多淒慘。他只知道抱著付聲，心中十分害怕下一刻，這副軀體會變得冰冷。

「我沒事。」

出乎意料的，熟悉的嗓音在他頭頂響起。嚴歡擦乾眼淚，不敢置信地抬起頭，卻看到同樣臉色蒼白的付聲，一邊安慰著他，一邊疑惑地檢查著自己的身體。

「我沒有被擊中，嚴歡。」

怎麼可能，區區幾米的距離，再大的誤差也不可能打偏！嚴歡回頭看向凶手，注意到對方也是錯愕到不敢相信的模樣。一切宛如置身夢境。

之後的十幾分鐘，一切都渾渾噩噩的，保安、現場負責人，還有醫生，一股腦地圍到付聲身邊。即便當事人說自己沒事，也沒有人敢相信他的話。付聲被嚴密看護，送到最近的醫療點檢查。而凶徒，膽敢在胡士托上作案，他就要做好面對數十萬搖滾青年憤怒的準備！至於背後的那個幕後黑手，相信這也只是他最後的迴光返照。劉正，將再也不能出現在他們面前。

將近半個小時後，被醫生告知付聲真的沒有大礙，甚至身上連擦傷都沒有，所有人才徹底放下心來，相信這是一個奇跡。一個發生在胡士托的奇跡！

不論周圍的人怎麼說，嚴歡總是感覺到一絲詭異的不協調。他站在事發地不遠處，看著警察們將現場封閉取證，心裡卻好像空落落地缺了一塊。

「John，你說，這到底是怎麼回事啊？

「John？」

沒有人，回答他。

那個總是在他身邊，如影隨形的老鬼，這一次，再也沒有出聲。嚴歡頓住，剎那間，彷彿明白了什麼！

那一刻，血肉剝離的疼痛感！直到現在，無時無刻不在的空虛和寂寞！他不敢置信地瞪大眼，像是不能相信自己的判斷。

「John！你回答我，回答我啊！

「John，你在哪裡！

「不要開玩笑了，這個玩笑一點也不有趣！

「John！」

落日下，附近的人們看見一個青年，對著空氣一遍遍地喊著某人的名字。一聲又一聲，然而始終沒有得到回應。

嚴歡愣愣地看著前方，眼淚卻怎麼也流不出來。他突然想起最初見面時，和John的對話。

——你是怎麼死的？

——被人槍殺。

簡單的答案，卻讓此時的嚴歡渾身冰涼。他再也忍不住，跪倒在地，聲嘶力竭地喊著那個名字。

John！如果，真的是你為付聲擋了那一槍！

那一刻，你究竟是以什麼心情，再次迎上那一枚子彈！再一次，迎接死亡！

你告訴我啊，告訴我！求求你，告訴我啊！

嚴歡哭得不能自已，然而，幾乎是錯覺般，他的腦海中迴響起 **John** 聲音。

謝謝。

嚴歡猛地抬起頭，這一次，他再也沒有聽見任何聲音。然而那一句謝謝，卻一遍又一遍地迴響在他耳邊。

John 離開了，留下他深愛的搖滾樂，留下最後一聲感謝，真正地離開了這個世界。

付聲回來時，看到的是安靜下來的嚴歡。此時的嚴歡已經恢復冷靜，他看著走過來的付聲，上前去用力地抱住了他。

「還好，你還活著。」

「嗯。」

「但是，我卻失去了一個重要的人。」嚴歡將頭靠在戀人肩上，輕聲道，「這是一個很重要的人，他教會我什麼是搖滾，在你們都不在的時候，他日夜陪著我。他對我說，要好好珍惜樂團的伙伴。但是，他死了。」

付聲沉默許久，回摟住嚴歡。

「他離開的時候，難過嗎？」

「不，他對我說了謝謝。」

「那就不要悲傷。」付聲說，「繼續去做，做值得讓他對你說出感謝的事。如果他愛搖滾，你就比他更愛。不要忘記他。」

怎樣，才是永遠記住 **John**？

想起每一次他對嚴歡的耳提面命，每一次在嚴歡迷惘時的提點，每一次痛斥鞭策嚴歡繼續走下去。嚴歡知道，付聲說得對。只有繼續走在搖滾的路上，走得更遠，才能不愧對 **John**。

「後天的閉幕式還要參加嗎？」付聲問。

「當然。」嚴歡強顏歡笑，「不過，我想指定一首曲目。」

「什麼？」

嚴歡回首，看著落到天邊的夕陽。在那燦爛餘暉裡，他似乎看到了一道身影在對他揮手告別。

「《**Yesterday**》。」他說，「我想唱一首披頭四的歌。」

即便，不會有人相信這一段離奇經歷，即便，如今你已經不在我身邊。我依舊要留下你來過的證明。

謝謝你，**John**。

我愛你。

胡士托音樂節結束後，悼亡者樂團徹底一炮而紅。

他們拒絕了來自美國的邀請，與中國本地的製作公司和廠牌簽約。他們被稱作是亞洲崛起的新星，也被人視為新世紀搖滾樂中興的代表之一。

一年後，悼亡者正式赴美，開始為期一年的歐美巡禮。

同年，紐約中央公園墓地。

四個來自東方的面孔，混雜在為數不少的遊客之中，為那位傳說人物獻上鮮花。

這裡埋葬著一位偉人，永遠四十歲的搖滾樂手——約翰・藍儂此時，沒有人能預料到，這一行不起眼的四人組，之後會在歐美掀起怎樣鋪天蓋地的搖滾熱潮。當然也沒有人知道，在被萬人稱道的偉大輝煌之外，還有一段不屬於約翰，卻屬於 **John** 的小小故事。

次年，悼亡者在全世界首發第一張樂團專輯。

——《聲囂塵上05》完

——《聲囂塵上》全系列完

ENCORE 01

#Pray it out

他的日記

一九八〇年十二月八日

我和妻子結束工作，回家。

洋子一路上還在討論新唱片的事情，我卻有點心不在焉。一整個白天，莫名的恐慌圍繞著我。這種焦躁不安，自從六七年布萊恩死去之後，就很少再有。但是今天，它又來了。

我們牽著手回到公寓，就在進門之前，我聽到有人大聲喊我的名字。

「嘿，藍儂！」

有人這麼喊，我便回過頭去。

在看到那黑洞洞槍口的瞬間，劇痛便從胸口蔓延開來。胸口的疼痛掩蓋過了一切，我踉蹌倒地摔進了公寓。

洋子的哭喊，門衛的怒吼，還有路人的驚呼。

這一切都在離我遠去。

我感覺到有人抓著我的手勸我堅持下去，但是眼前逐漸模糊的視線帶走了他們的聲音。漸漸地，什麼都聽不見了。

我死了嗎？

╳╳╳╳年

我不知自己身在何處，現在又是何時？

剛清醒的那段時間，我甚至連自己是誰都不知道。

明明站在大街上，人們卻全都忽視我，沒有一個人肯停下來聽聽我說話。巨大的困惑侵襲了我，周圍到處是新式而古怪的建築，人們的服裝也和以前有所不同。我還看見了很多樣式奇怪的汽車，只有偶爾，才能看到一輛金龜車開過去。

我這是在哪？

用了很長的時間，我才明白自己來到了幾十年之後。

我回到了幼時成長的利物浦，看到了保存依舊的老建築，甚至還看到了一座屬於披頭四的博物館。

但是這一切和我又有什麼關係呢？現在站在這裡的只是一個誰都看不見的孤魂野鬼。

不，等等，為什麼街角那個男孩一直盯著我？他那表情簡直就像是見鬼了。

好吧，他確實是見鬼了。

二〇二二年九月

不知出於何種心理，我跟著這個男孩回了家。很抱歉讓他生了一場大病，我對此也沒能預料。

直到一個月後，我能和他正常交流後，才知道他的名字和一些基本資訊。

他叫嚴歡，來自中國，是一名學生。

「我是一名搖滾樂手。」

當我這麼對他說的時候，他問我：搖滾是什麼？

這個問題讓我無法回答，搖滾樂是什麼？誰有資格回答這個簡單又複雜的問題呢？即便是我，也難以用語言表達清楚。

那天晚上，我為他彈奏了一曲老式藍調。

很高興他喜歡這個。

二〇二二年十月

在我的勸說下，嚴歡終於決定開始接觸搖滾。他參加了學校的學生樂團，這不得不讓我想起了許多年前的自己，但是我可比他出色多了。

為了不刺激他，我沒有多提自己當年的事，只是在搖滾之路上給他一些意見，希望對他有幫助。

今天還遇見了一個有趣的吉他手，在他身上，我察覺到一種莫名的熟悉感。

見鬼，我在哪裡見過他嗎？

二〇二二年十月

嚴歡的第一支樂團解散了。

很常見的事情，但是這個小子卻難以接受。

我不得不罵醒他，幸好，他還聽得進去。但是經過這件事，我發現嚴歡的抗壓性實在太差，想要成為一個出色的樂手，這樣差的心理素質怎麼行？看來還得好好磨練。

另一點，必須讓他儘快結識素質優秀的伙伴。人只有處在優秀的環境裡，自己才能變得優秀。

幸運的是，嚴歡的運氣一向很好。伙伴自己來找他了。

二〇二二年十一月

這個叫做付聲的吉他手，實在難以評價。

雖然經常在嚴歡面前誇讚付聲，但那只是用來打擊嚴歡的，其實我心裡並不太喜歡這個吉他手。他那傲慢的表情，總是有一種似曾相識之感。還有一點，吉他手總是對嚴歡挑三揀四，開出苛刻的條件讓他去完成。

他這種態度，一下子讓我惱火起來。

我撿到的男孩只有我能欺負，被別人欺負算怎麼回事？

「John，我該怎麼完成付聲提出的條件？」

聽見嚴歡這麼可憐兮兮地問，心情不好的我毫不留情地打擊了他。不過看著嚴歡氣餒地垂著腦袋，我還是有些於心不忍。

「特訓吧。」

我對他說，同時心想，等你把那個吉他手招進樂團，一定要好好教訓他一番。

二〇二二年十二月

事情出乎意料的順利。鼓手，吉他手，甚至是貝斯手，建立樂團所需要的基本成員，一一聚集在了嚴歡身邊。看著他逐漸成長，我不得不感慨，也許嚴歡天生就應該走這條路。

不過，看到他和付聲越走越近，尤其是看到付聲注視著嚴歡，偶爾流露出來的那種目光。

我開始為嚴歡的未來操心了。

二〇二三年一月

演出成功！看到臺下那些人狂熱的眼神，聽到他們呼喊你的名字了嗎？

這是一次非常成功的表演！

看到臺下樂迷因為他們的歌而狂歡，我心裡被冰封許久的熱情，好像再次融化。

在被槍殺之前，我已經有很久都沒能體會到演奏帶給我的快樂。

人們越來越多是為我的名氣而來，卻根本不欣賞我的歌聲與我的靈魂，看著他們僅僅因為「我」而歡呼喝彩，我內心深處萬分痛苦。

在那個時候，我感覺自己逐漸失去了對搖滾的愛。

而現在，嚴歡幫我把它找回來了。

黑夜裡，年輕人在巷子裡痛快地奔跑著。聽著他們的笑聲，我感到開心的同時，卻也有一點寂寞。

二〇二三年四月

巡演就這樣結束。

我不知道該怎麼安慰嚴歡。在最高潮的時候，世界給了他一個狠狠的巴掌，告訴他真實的殘酷。

陽光走了，沒有人比嚴歡更難過。然而比起我，付聲卻更能安慰他。看著埋在付聲懷中的嚴歡，我心裡湧上一股失落。就像是自己養大的孩子，要被別人摘走了。但是看著他們相處的一幕幕，我竟然也覺得這是天經地義的。

一個熱愛搖滾如生命的吉他手，一個剛剛走進這個世界的初學者。他們像是上帝精心打磨好的齒輪，只有與彼此才能毫無偏差地契合。但是這種契合，卻隱藏著危險。

付聲太偏執了，我不清楚他以後會不會因此惹上麻煩。

不過此時我早已想明白，為什麼最開始會看付聲不順眼。

因為他的這種偏執，讓我想到了我自己。

二〇二三年七月

我就知道事情會變成這樣！

要是付聲此刻在我面前，我一定要過去揍扁他！

一夜之間變得一無所有，伙伴們一個都不在身邊，嚴歡差點崩潰！他把自己鎖在房間，也不肯聽我說話，只是默默地一個人待著。

我焦急得像熱鍋上的螞蟻，卻毫無辦法，只能拚命說些話來刺激他，希望他能從打擊中恢復過來。

慶幸的是，這時候有人來找他。

好吧，去美國吧。去那裡待一陣子，你會想明白很多事情。

沒關係，即使他們都不在了，還有我陪著你。

別害怕。

二〇二四年五月

今天嚴歡再次抱怨，說我教他的語法讓他在外面被人嘲笑了。

——明明是一個亞洲人，竟然還說這麼老式的英國腔！

偏見，這都是偏見。我勸說嚴歡不要理睬那些無聊的人，應該將心思放在音樂上。

到美國之後，他有了明顯的轉變，最大的變化就在於他的吉他彈奏。以前付聲還在的時候，嚴歡的吉他進步得很慢。現在卻像是變了一個人，技巧突飛猛進。

然而這種進步，卻讓我覺得心疼。

「可是我在這裡待了大半年，還在酒吧打雜，我真的能出人頭地嗎？」

每次當他這麼抱怨的時候，我都要忍著怒火提醒他。

你以為全美國有多少支樂團，你以為成功是從天上掉下來的？下次再說喪氣話，我就把你吊起來打！

「可是，John，你根本就摸不到我，你還想吊我？」

嚴歡的一句話，讓我哽住了。

是啊，我沒有軀體，只是一個靈魂。

如果我有肉體的話，我會抱住這個男孩，在他每次哭泣的時候安慰他，而不是只能躲在他的腦海裡看別人欺負他。

「你會成功的。」我對他說，「因為你是這世上，第二出色的樂手。」

二〇二四年七月

世上從來沒有事情不在我的預料之內。

嚴歡的走紅也是如此。看著他的專輯登上暢銷榜，聽著人們街頭巷尾地議論他。一種簡單的愉悅填滿了我的心房。

是的，這個男孩就是如此出色，你們的眼光沒有錯！我可是看著他一路走過來的。

直到這時，我隱約明白了自己再次甦醒的意義。

我要看著嚴歡，成為最閃亮的一顆星。

二〇二五年八月

好吧，我承認自己有點吃醋。

但我絕對不是故意在他們接吻的時候打岔的。

「我要帶著付聲一起去胡士托！」嚴歡興奮地說。

我哼了一聲。

他又小心翼翼地加了一句。

「當然，最重要的是帶你一起去，John，你是第一順位！」

這還差不多。

我提醒他：「別忘記為你的吉他手帶上鎮定劑，免得他再次發瘋。哦，當然，也許他咬你一口就不會發瘋了。」

「**John**！」

八月十七日

胡士托音樂節正式開幕。

這是我參加過最盛大的一場音樂節。

已經有半個世紀了，自從樂團解散之後，甚至在樂團解散之前，我都沒有再參加過如此大規模的現場演出。然而，此時此刻，和嚴歡一起站在這個舞臺上，我彷佛感覺到自己的心臟也在跳動。

砰砰，砰砰。

那顆曾經因失望而停跳的心臟，再次躍動起來。

我錯了，錯得離譜！一直以來我都以為，上帝讓我遇見嚴歡，是為了幫助這個初出茅廬的小鬼。然而我太傲慢了，直到現在，我才發現事情完全不是如此。

上帝安排嚴歡遇見我，是為了讓我的心臟，再次為搖滾跳動。

「謝謝。」我低聲地對他道。

此時，我慶幸自己沒有軀體，否則真不知道該怎麼掩飾自己臉上的表情。

最後——

槍響的那一刻，熟悉的疼痛從胸口蔓延而出。

不過這疼痛不是我的，而是嚴歡的。即使看不到他的表情，我也能知道此時他是如何絕望。

「約翰，約翰！」

「你醒醒。」

「求求你別死，天啊，求求你上帝，別帶走他！」

幻聽般，我聽見了許久以前圍繞在我身邊的那一聲聲哭喊。撕心裂肺，恨不得死去的是自己。有時候比起死去的人，活下來的人才更加絕望。

嚴歡，我看著長大的男孩，教會我如何再次愛上搖滾的小傢伙。

曾經我想，如果我有軀體，我就可以保護你。但是現在，即使我一無所有，我依然可以保護你。

再次面對子彈，我心中竟然沒有害怕，而是一片平靜。

謝謝你，嚴歡。

你給了我一場快樂的夢。

現在，夢醒了，我也該睡了。

晚安。

——謹以此篇番外致敬歷史上真正的約翰·藍儂。

——番外〈他的日記〉完

ENCORE 02

Pray it out

永恆星辰

「借過，借過，借過！」

醫護人員擠過擁擠的人群，「讓開，不要堵在這裡耽誤病人治療！」

然而，他們遇到的可不是一般的圍觀群眾。這些猶如炸藥桶一點就燃的的樂迷，團團圍在救護車旁邊。群情激昂，不肯輕易退散。

「我們要知道事情真相！」

「是不是主辦苛待樂手！」

甚至還有人懷疑。

「你們真是醫生嗎，不會是請來的演員吧？」

薛海頭都大了，他已經不是第一次在音樂節上出勤，也不是第一次與這群搖滾樂迷對峙。可是每一次，他都覺得這些人真是不可理喻。現在都什麼時候了，有空在這裡陰謀論，去看看你們的樂手大神有沒有出事好嗎？

最後不知是哪個領頭人喊了句話，醫生護士們才被圍觀的群眾放了進去。

薛海小跑著進了後臺，心裡在揣測這次又是怎麼回事。是哪幾個人鬥毆重傷了，還是哪個樂手吸食大麻過量在臺上倒下了？這些事情，他在國外這幾年已經見怪不怪。可是與同事們一起趕到休息室的時候，他才發現自己好像還是低估了這些瘋狂的搖滾樂手。

「哎呀！」

走在他前面的小護士剛跑到門口，就驚呼一聲捂住了眼睛。如果不是她一臉興奮，還從指縫中間往裡面偷窺，薛海倒是願意相信她是真的被嚇到了。

薛海一臉淡定地走進門，果不其然看到兩個抱在一起的人。說是抱在一起也不太妥當，其中一個坐在沙發上，另一個人半蹲在他面前，緊緊環住沙發上人的腰，把臉埋在那人懷裡。休息室內只有他們兩人，這種姿勢實在惹人遐想。

「請問哪位是病人？」薛海咳嗽了一聲，上前詢問。

坐在沙發上的年輕人抬起頭，薛海一愣，發現竟然是個亞洲人。再一看，抱著他蹲在地上的那個男人也是亞洲面孔。這是遇到老鄉了？不，不對，說不定是日本人或者韓國人。

以防萬一，他決定還是謹慎一點。

「他發病了。」沙發上的年輕人對薛海道，「雖然已經有一段時間沒復發，但是今天在臺上的時候又突然發作。」

薛海點了點頭，雖然對方沒有明說，他還是明白了其中的意思。他走上前一步，

「我可以看一看他嗎？」

沙發上的年輕人猶豫了一下，對抱著自己的人道：「付聲，醫生來了，讓他幫你看一下好嗎？」

大概是他的聲音太過溫柔，引得薛海不由多看了他幾眼。才看了兩眼，薛海後頸一寒，覺得自己好像被人盯上了。他一轉身，發現本該病懨懨的那個男人，正抬起頭陰鬱地盯著自己。那眼神就像是領地被侵犯的雄獅，警告薛海再靠近一步就要露出獠牙。

哎呀，真是太有意思了。薛海輕咳幾聲，忍住笑意，上前幫病人查看了一番。片刻後，他下判斷道：「我想，他這是稽延性戒斷症狀。」擔心他們聽不懂，他又道：「這是戒毒後必經的一段時期，在這期間病人會出現焦躁、失眠等症狀，偶爾也會復發，但這時千萬不能再給他使用藥品，否則又會複吸。」

薛海說：「但是要想不再複吸，這不是靠我們，而是要靠他本人的意志。」他頓了頓，看著幾乎像無尾熊一樣黏在伴侶身上的病人，笑道：「這段時間如果有人多陪在他身邊的話，對他來說會好過很多。撐過這難熬的日子，就算是成功戒毒了。」

聽見他的話，坐在沙發上的年輕人明顯鬆了口氣。

「謝謝你，醫生，那我們要再去醫院複診一下嗎？」

「沒事。他的情況並不嚴重，如果你們有事的話，不一定非得去醫院一趟。」薛海心情愉快地說，「不過這段時間，周圍人最好順著他點，控制住他的脾氣。」

年輕人又跟他道了謝，薛海心滿意足地準備離開。臨走之前，他像是突然想起什麼來，「不好意思，我問一下，你們是不是……」

對方像是明白他想問什麼，笑著點頭。「是，我叫嚴歡。」

「我叫薛海。」醫生和老鄉們笑著打招呼，「只要你們還在這個城市，不嫌棄的話下次不用叫救護車，可以直接來找我就可以了。」難得遇到同類，還是同胞，薛海不免想要結識一下。

對面的人愣了一下，笑著點了點頭。

「很高興認識你，薛醫生。」

薛海就是這樣認識了嚴歡和付聲。在那之後過了很久，他才發現自己認識的是多麼不得了的兩個傢伙。

第一次有這種體會，是在一場同事家的派對上。薛海單身赴會，恰巧坐在一群女士身旁。女人們嘰嘰喳喳地討論著時下潮流、明星，當出現幾個他熟悉的名字時，薛海還以為自己聽錯了。

「不，我就喜歡那種風格的吉他手，沉默寡言，對你不假辭色，但真是太帥了，非常有魅力。」

「你說的是付聲？最近那個很紅的樂團的吉他手？」

聽到這裡的時候，薛海舉起酒杯的手頓了一下。

「現在已經不流行冷酷風格的男人了。比起來，我更喜歡他們樂團的主唱。」

「哦，我也喜歡，就是那個叫嚴、嚴……中國人的名字真是太難念了。」

「嚴歡。」

薛海端著酒杯走了過去，對著女士們微笑。「不介意的話，可以讓我加入這個話題嗎？」

「當然，薛，你也喜歡這支樂團？」

薛海瞇眼笑道：「是的，我對他們很感興趣。」

那是他第一次知道自己結識的不是兩個普通的小樂手，而是足以在女性中掀起狂熱追星風潮的搖滾明星。而另一次機緣巧合的認識，則讓他更加印象深刻。

薛海混著幾個社交網站，有一些固定的圈子。有一天，他看見一個熱門貼文在朋友圈瘋狂轉發，那個標題卻讓他不忍直視。

好榮幸，現在才知道一年前在胡士托差點踩到我的樂手，竟然是悼亡者的主唱！

貼文者以一種失神的語氣不斷重複道：有幸見到大神真是太幸福，沒有被大神踩到實在是太遺憾！當時我還跟他們說話了，主唱和吉他手！好羞澀，好激動，怎麼辦？

薛海看了一眼左邊貼文者的頭像，一個露著八塊腹肌的肌肉男正對他露齒而笑。他不由得腦補了一下，金剛芭比滿臉羞怯地捂著臉的模樣頓時浮現在腦海。薛海臉色發青，頓時關了網頁。

直到關掉網頁的前一刻，他還看見留言中有一大堆人排隊打滾。

啊啊啊，為什麼被踩到的不是我！

你這個幸運的傢伙，竟然沒有求合照！

我要去悼亡者六月份的音樂節，誰要和我一起買團體票？

經過這件事，薛海終於對嚴歡和付聲有了更加清晰的認識。他想了想，決定打電話好心提醒這兩人。身為公眾人物，兩人之間的關係要是被曝光的話就不得了了。

付聲翻了個身，下意識地伸手摸向身側，帶著餘溫的空床單讓他瞬間清醒過來。他單手撐著床，睜眼環視室內一圈，最後終於找到了那個坐在陽臺上的人。

「在幹什麼？」他從身後摟住那人，在對方耳邊低聲問道。

嚴歡被嚇了一跳，「你走路都不出聲的嗎？嚇到我了。」

「嗯。」

付聲敷衍地哼了幾聲，看著嚴歡剛剛掛斷的手機，瞇了瞇眼。「在和誰打電話？」

「老薛。」

聽到這個名字，付聲的嘴角立刻就下拉了零點零一公分。嚴歡敏銳地發現了他的不悅，連忙道：「他只是好心提醒我們一聲，沒有別的事。」

「提醒什麼？」

「讓我們注意，不要隨便暴露了關係。」嚴歡想起這個還在發笑，「比起當事人，他好像比我們還緊張。」

「多管閒事。」付聲說，「手機，拿來給我。」

嚴歡不明所以，但還是乖乖地把手機交了出去。「別刪掉他啊，老薛當年幫你戒毒，幫了不少忙！」

付聲白了他一眼，像是在說我是那麼幼稚的人嗎？然後，嚴歡就眼睜睜地看著他將通訊錄裡薛海的名字，改成了——薛婆婆。

嚴歡大笑。「你幹嘛啊？」

付聲一臉淡定地收起手機，看著懷中笑得開心的嚴歡，湊上去親了親他的眼睫。

「誰讓他喜歡多管閒事。」

嚴歡接下來的抗議，全被封在兩人相交的唇中。

四月，屋外溫暖宜人，陽臺上相擁的兩人也沉浸在戀人的小世界中。哪怕此刻全世界都為他們瘋狂，在他們眼中也只有彼此。

主唱嚴歡，吉他手付聲；笨小子嚴歡，沉默寡言的付聲；搖滾明星嚴歡與付聲。無論在世人眼中他們是什麼身分，在彼此眼裡，都只有一個稱呼——愛人。

這世上我最愛的人，我願與你一道化作永恆星辰。

——番外〈永恆星辰〉完

ENCORE 03

#Pray it out

一首歌

在世界經歷一場混亂的三年後，生活似乎恢復了正常，又似乎沒有。

離開的不會再回來，發生改變的也不會再回去。

而對嚴歡來說，比起外界紛繁複雜的變化，他更容易記住的是身邊的變化。

今年是他遇到 John 的第十年，是 John 離開的第七年，是悼亡者樂團重建的第七年，也是他們暫停活動的第三年。

不是因為變故，也不是因為外界的其他原因。純粹是因為，好了，用嚴歡的話來說就是：好像是遇到了瓶頸。

所以他對他信賴的伙伴們說：我想休息一下。

沒有人表達異議。

這一休息就是三年，這三年，除了付聲一如既往地陪伴在他身邊，向寬和陽光偶爾會出席其他樂團的活動，客串一下樂手。

外界的傳言便紛至沓來。有人說他們內部產生衝突，有人說他們離解散不遠了。這些謠言有時候也會讓嚴歡困擾，更多的時候他會被付聲影響，覺得也沒什麼好介意的。

「說實話，我有點迷茫。」

一次巡迴演出經過一座北歐小鎮，看著廣場上的鴿子，以及圍著鴿子餵食的人們，嚴歡說。

「我不知道他們究竟是為了我的名氣而來，還只是為了我的歌而來。」

當一個人擁有了萬貫家財後，不約懷疑起身邊簇擁者的用意，他們究竟愛的是我的錢，還是我本人？

當悼亡者越來越出名後，也陷入了相同的煩惱。那些簇擁而來的樂迷，到底是真的喜歡他們的搖滾，還是只因為他們是鼎鼎有名的「悼亡者」才一擁而上。隨著名望一日勝過一日，虛假的喜愛也越來越難以分辨。

當名聲蓋過了樂曲本身的時候，這些思慮就越難尋找真相。而一旦陷入紙醉金迷，人就容易迷失自我，到底我們是「悼亡者」，還是「悼亡者」是我們。

為了解決這個問題，他們在最頂峰的時候選擇休息三年，而這三年，因為外界環境複雜的變化，並沒有讓嚴歡能好好地尋找到答案。

三年後的某一日，嚴歡還在為這個問題煩惱著。他身邊，綁著馬尾的男人低頭湊過來，在兩人交握過無數遍的手上輕輕吻了一下。

「不要在意這些無聊的新聞。」

悼亡者三年未發新專輯，內部分裂已然坐實？

已有三家樂團向陽光發出邀請。

曾經一度令人驚豔的這支亞洲樂團，是否已經名存實亡？

「不知道以前 John 是不是也有這樣的煩惱。」小道消息到處亂飛，嚴歡小聲嘀咕。

「你在說什麼？」

他的下巴被付聲強硬地轉過來，吉他手凝視著他的眼睛，蹙眉道：「有時候我總覺得，你有什麼瞞著我的祕密。」

「哈……哈哈，肯定有啊，人活著誰沒有幾個祕密呢？畢竟你也不想讓我知道你小時候幾歲還在尿褲子這種事吧。」嚴歡緊張地道。

付聲看了他半晌，哼笑。

「最好如此。」

這個男人！實在是太敏銳了！

在一起七年之久，有時候，嚴歡總覺得付聲好像總能洞察他的所思所想。不過關於 John 的事，因為實在是太過匪夷所思，他自己有時候也會懷疑那是不是只是自己的妄想。所以，他還沒想好怎麼向愛人坦白這件事。

順其自然吧。嚴歡自我安慰道。

「你似乎對約翰．藍儂格外關注。」

嚴歡渾身一震，看向說著這話的付聲。

付聲卻沒有看他，而是漫不經心地翻弄著嚴歡收集的那些黑膠唱片。

他那修長的、善於撥弄吉他的手指，一一拂過封面上的人物。

「不過也難怪，畢竟總有人把我們和他們相比，認為盛極一時的樂團最後總會走向一樣的結局。」

嚴歡鬆了口氣。

「希望這個詛咒不是真的。」嚴歡想了想又道，「好吧，就算有一部分相似，我也希望我和你，還有陽光、向寬，最後都能有一個完滿的結局。」

「完滿？」付聲嗤笑，「你的要求未免也太高了吧。」

「那壽終正寢，壽終正寢總行了吧！」

嚴歡上前拉住他的手，不讓這位吉他手繼續在他心弦上撥動。

「我只希望你們都好好的。」

付聲低頭看他。看著這個七年過去，似乎有，又似乎沒有任何變化的青年。他伸手，輕輕撫摸嚴歡的眉眼。

「不要擔心，我沒事，只要你在我身邊。」我就永遠不會再墜回深淵。

嚴歡享受著愛人的撫摸。

二十多歲的青年，眉目比當年成熟了很多，帶著俊逸又誘人的神色，鼓動著付聲的喉結上下一動。正當他緩緩低下頭，準備輕吻上那張淡色嘴唇時，懷裡的青年突然跳了起來，差點撞上他的鼻樑。

「我想到了！」嚴歡高興道，「我想到怎麼解決這件事了。」

「什麼事？」付聲一時沒反應過來。

「困擾了我三年的難題！當然，還有這群一直等著看熱鬧的狗仔。」嚴歡興奮地打開通訊錄，分別傳訊給另外兩名團員。

「我想到一個一勞永逸的方法了！」

一勞永逸。

那時候，誰都沒想到，這個辦法竟然是——

一個出人意料又似乎早有預料的消息。

在停止出專輯三年後，悼亡者樂團正式宣布中止活動。

悼亡者要解散了?!

一時間，樂迷哀嚎一片，記者興奮如鬣狗，四處尋找小道消息。

有人說是因為付聲「舊病」復發，所以不能再演出，有人說是因為樂團內部三角戀情引爆了衝突——具體是哪三角眾說紛紜。

總而言之，這個消息霸占了樂壇新聞整整一個月，而一個月後又被更多的新八卦淡化下去，悼亡者樂團再也沒有了消息。

所有人似乎都默認，他們已經走向了終結。

然而，就在這時，一支默默無聞的線上樂團卻悄然在網路上流傳起來。

這個不具名，不出鏡，只有音樂和歌聲顯示在外的匿名樂團，先是在二次元的小圈子裡紅了起來。

他們為最近熱門的一款手機遊戲配了一首同人歌曲，很快便在愛好者圈子裡技驚四座。而就在二次元的粉絲們嗷嗷待哺等著大神投餵更多作品時，大神卻偃旗息鼓，再也沒有更新。

第二次，是一部知名電影續作的製作組在推特上宣傳主題曲——一首來自無名樂團的投稿樂曲。用製片人的話來說，一個陌生的來信人悄悄投稿到了他的信箱裡，要不是他們家的貓偶然替他打開郵件，他就得錯過這首神曲了。

來信人並沒有表明身分，只說是作為電影的粉絲，出於喜愛製作了這部作品。

而製片人聽完後，立刻就決定拿來擔任續作的主題曲，並很快說服了其他合作方。

大概是電影和遊戲總有一些交叉的圈子，很快一些二次元粉絲便從熟悉的編曲風格和類似的投稿方式中發現，這不是他們那位神祕失蹤的大神嗎？

兩首曲子的風格確實有一定相似之處，卻沒有人可以證據確鑿地把它們聯繫起來，因為主唱的聲音根本不同。

而讓他們真正確認的，是第三次投稿。

這次投稿就更隨意了，這是一次不記名，甚至是免費共用的投稿，發布在知名開源音樂平臺**FREE**上，任何人都可以免費下載並分享這首歌曲。只是如果要商用的話，需要單獨告知。

這熟悉又神祕的投稿方式，不同聲音卻風格類似的人聲，極具戲劇化的傳播方式，讓更多人把背後的樂團聯想在一起，匿名樂團於是就在網路上大熱起來。

有人稱他們是音樂界的刺客，專門背刺那些無德無才卻喜歡賣弄名聲的歌手；有人說他們是音樂界的無產主義者，自己的便是世界的，樂於分享。當然也有負面輿論，說他們故作玄虛，很快就會露出真面目。

「不過是沽名釣譽之輩罷了，等著吧！他們早晚會暴露的！」

而這個「早晚」，就這樣姍姍而來了，來自一位樂迷的論壇發言。

「那個……有句話我不得不說，你們不覺得，這個吉他的彈奏方式，這個鼓點，這個直擊靈魂的低音貝斯，還有這個雖然變了音調但是打死我都能認出來的人聲！」

一個悼亡者的多年死忠粉在論壇上激動發文道，「這個『匿名』樂團不就是我爸……咳，不就是我的本命樂團悼亡者嗎！」

「蹭什麼熱度，悼亡者都多少年不發新歌了，江郎才盡了！」

「死去三年的樂團就別挖墳好嗎？」

「他們不是早就解散半年了？」

貼文剛發出去，首先引來一片嘲諷聲。

然而，真相總是瞞不過有心人的眼睛。

「雖然但是，當初投稿的信箱帳號好像就是我嚴歡爸爸的大名拼音縮寫啊。」有人偷偷附和道，「難道這也是巧合嗎？」

此時偷窺中的嚴歡：糟糕，忘記換信箱了。

一石激起千層浪，頓時，所有蛛絲馬跡都被人發出來拿放大檢視。

有人說嚴歡之前就是那款知名二次元遊戲的狂熱粉絲，多年前的舞臺演出，自己親眼看到他上臺表演前一秒還開著手機在玩遊戲。

有人說自己順著匿名樂團在開源網站發布歌曲的ＩＰ查了過去，發現地址正是嚴歡和付聲的老家。

線索堆積得越來越多，當質疑和爭執堆上最高峰的時候，匿名樂團的第四首歌發布了出來。

這首歌名，叫作《空殼》。

歌曲講述一個在大城市功成名就的金融經理人，自從一次驚豔業界的成功投資後，就被奉為天才，天天朝九晚九應酬迎合與無數人打交道，不斷一遍遍重複著當年那次「奇跡般的成功」的背後故事。

他累了，他想回老家休息，老闆卻強硬地要他留下來，因為只要他還在，招牌就在，話題度就在，他們需要的不是他，而是一個有名望的空殼。主人公無法，只好假造了絕症診斷證明脫身，答應收了一位公司新人做名義上的弟子，這才能脫身。

而在他走後不到一個月，那新人就借著他的名頭，坐著他的辦公室，用著他的舊人脈，很快便成了新的業界天才，新的空殼。

故事主人翁用平淡且略帶自我調侃的語氣說：

我功成名就，他們蜂擁而來，不是簇擁我，是簇擁圍繞著我的金錢名利；

我空身返鄉，他們想要留下的也不是我，而是想要留下那個閃閃發光的「天才」軀殼。

那沒有了這些後，我是什麼呢？是一具空殼，一堆爛肉？

還是我自己？

隨著歌曲逐漸轉折，質問也敲擊著聽眾的心，而最後，歌詞中沒有給人答案，以都市忙碌的通勤背景音，作為了結束。

彷彿整座城市，就是一個空殼。

但是人們卻透過這首新歌察覺了什麼。難道，「悼亡者」樂團也是在用這種方式，尋找著自己？

從那以後，每過一年半載，樂迷就陷入一種尋寶式的搜尋。

——哎，今天匿名樂團發新歌了嗎？

——沒有啊，你找到了嗎？

——我覺得昨天那首很像哎。

再也沒有「悼亡者」，但似乎到處都是他們的聲音。

若干年後，或許有初識搖滾樂的樂迷在瀏覽各個知名樂團的作品時，會感到很奇怪。

為什麼「悼亡者」如日中天卻突然解散？

為什麼有一支「匿名樂團」到處在發新歌，風格還那麼多變？

匿名樂團，會是那支傳說中已解散的樂團嗎？它到底是一支真實的具體的樂團，還是一個所有有志者都可以使用的代稱，漸漸地真實身分好像也不再那麼重要了。

重要的是——

回到最初的起點，在熟悉的錄音室，嚴歡看著周圍的伙伴們，笑道：

「現在他們能聽見我們的聲音了吧。」

一個人，不，一個人與他所愛的人們。

一首歌。

唱給世界聽。

——番外〈一首歌〉完

高寶書版集團
gobooks.com.tw

BL072

聲囂塵上05(完)

作　　者　YY的劣跡
繪　　者　瑞　讀
編　　輯　林雨欣
校　　對　薛怡冠
美術編輯　彭裕芳
排　　版　彭立瑋
企　　劃　李欣霓

發 行 人　朱凱蕾
出　　版　三日月書版股份有限公司
　　　　　Printed in Taiwan
地　　址　臺北市內湖區洲子街88號3樓
網　　址　www.gobooks.com.tw
電　　話　(02) 27992788
電　　郵　readers@gobooks.com.tw（讀者服務部）
傳　　真　出版部　(02) 27990909　行銷部 (02) 27993088
郵政劃撥　50404557
戶　　名　三日月書版股份有限公司
發　　行　英屬維京群島商高寶國際有限公司台灣分公司
　　　　　Global Group Holdings, Ltd.
初版日期　2022年9月

本著作物《聲囂塵上（搖滾）》，作者：YY的劣跡，由北京晉江原創網絡科技有限公司授權出版。

國家圖書館出版品預行編目(CIP)資料

聲囂塵上/YY的劣跡著.-- 初版. -- 臺北市：三日月書版股份有限公司出版：英屬維京群島高寶國際有限公司臺灣分公司發行, 2022.09-
　面；　公分. --

ISBN 978-626-7152-08-9(第5冊：平裝)

857.7　　　　110017878

三日月書版

三日月書版

GOBOOKS & SITAK GROUP©

GOBOOKS
& SITAK
GROUP©